孙犁诗歌剧本选

孙犁读本

孙晓玲 李屏锦 ◎ 主编

河北出版传媒集团
花山文艺出版社

图书在版编目（CIP）数据

孙犁诗歌剧本选 / 孙犁著；孙晓玲，李屏锦主编.—石家庄：花山文艺出版社，2015.12（2020.6重印）
（"孙犁读本"）
ISBN 978-7-5511-2586-4

Ⅰ.①孙… Ⅱ.①孙… ②孙… ③李… Ⅲ.①诗集－中国－当代 ②剧本－作品集－中国－当代 Ⅳ.①I217.2

中国版本图书馆CIP数据核字(2016)第276531号

丛 书 名	孙犁读本
主　　编	孙晓玲　李屏锦
书　　名	**孙犁诗歌剧本选**
著　　者	孙　犁
编 选 者	刘传芳　李屏锦
策划统筹	张采鑫　赵锁学
责任编辑	梁东方　贺　进
责任校对	杨丽英
封面设计	景　轩
美术编辑	胡彤亮
出版发行	花山文艺出版社（邮政编码：050061）
	（河北省石家庄市友谊北大街330号）
销售热线	0311-88643221/29/31/32/26
传　　真	0311-88643225
印　　刷	三河市华东印刷有限公司
经　　销	新华书店
开　　本	700×1000　1/16
印　　张	14.5
字　　数	160千字
版　　次	2017年4月第1版
	2020年6月第2次印刷
书　　号	ISBN 978-7-5511-2586-4
定　　价	30.00元

（版权所有　翻印必究·印装有误　负责调换）

1958年,孙犁在青岛疗养

《莲花淀——京剧脚本》手稿

1952年，孙犁（左）与郭小川（中）等在天津市多伦道寓所大院留影

题亡人诗原稿

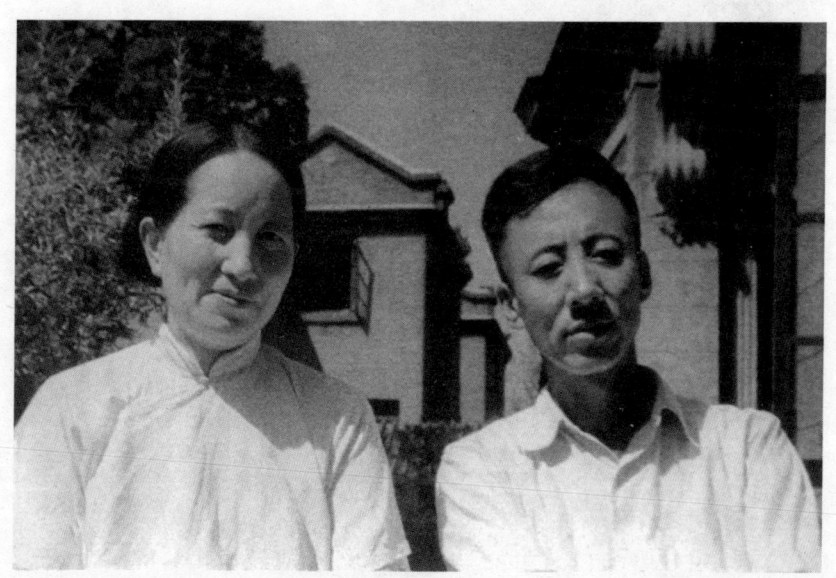

20世纪50年代，孙犁与夫人王小立在多伦道寓所大院合影

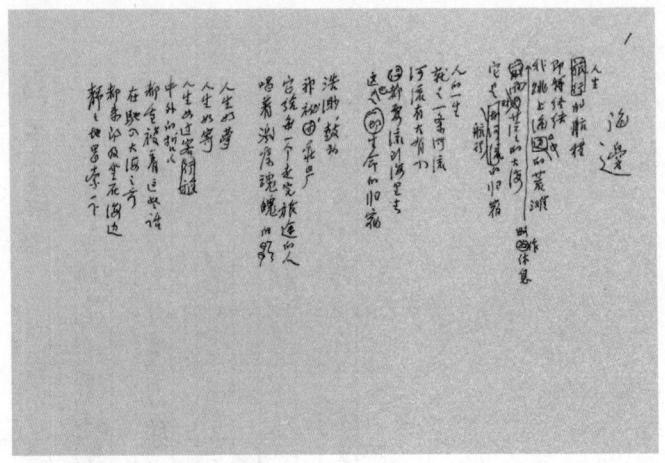

《海边》(诗歌)手稿

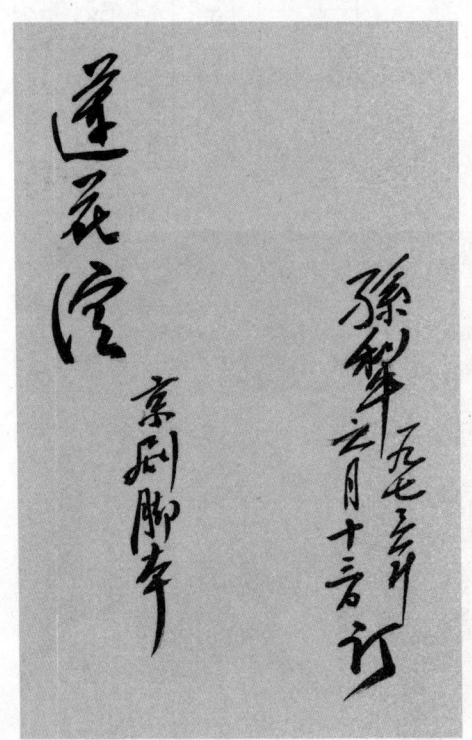

孙犁自己装订的《莲花淀——京剧脚本》手稿封面

编者的话

《孙犁读本》是孙犁作品的普及本。

孙犁是我国革命文学的一面旗帜，是风格独具的文学大师。在我国现当代文学史上，只有一个孙犁！

孙犁对中国革命文学的贡献，他崇高的文品人品，深深地影响了一代又一代人，被广大作家和读者所敬爱。

孙犁的抗战小说写得最好最多，《荷花淀》誉满天下。

孙犁的《风云初记》和《铁木前传》被誉为共和国中长篇小说的经典之作。

孙犁一生不随波逐流，坚持讲真话，愈到晚年，思想愈臻成熟，行文尤其老辣，他的《耕堂文录十种》不同凡响，其思想之深邃与节操之坚贞，最终成就为作家良心的光辉形象。

孙犁饱览群书，博古通今，知识渊博，是学者型作家。他的文章、题跋、书衣文录等，给予读者智慧和力量；他广泛阅读新人新作，扶植他们健康地走上文坛，有口皆碑。

《孙犁读本》面向大众，首次将孙犁的作品分门别类地作了归纳，包括《孙犁抗日作品选》《孙犁诗歌剧本选》《孙犁评论选》《孙犁书信选》《孙犁作品·少年读本》《孙犁作品·老年读本》

《孙犁晚作选》《孙犁论读书》《孙犁论孙犁》《孙犁名言录》，共十种。

  《孙犁读本》涵盖了除中长篇小说以外孙犁的全部作品，各自独立，又共为一体，言简意赅，富有新意，免除读者翻检之劳。各册编者不约而同地看中了某些篇目，不可避免地会有少量的重复；倘若完全排除重复，必有遗珠之憾。仁者见仁，智者见智。在两难之中，我们力求协调，不使偏失。

  尚祈读者、方家不吝赐教！

  本书编选过程中，阎纲先生热情指点，在此深表谢意。

编者谨识
2016 年 3 月 10 日

序：读懂父亲

□ 孙晓玲

有人说他是迎风也不招展的一面旗帜，有人说他是越打磨越亮的一面古镜，有人说他是文苑那轮皎洁的明月，有人说他是淀水荷花的精魂……不管别人怎样评价他、赞美他，他就是他——生活中我们最慈爱的父亲。

努力读懂父亲的路我走了很长，而且就算我永久地闭上眼睛，也不可能完全读懂，因为父亲是一本极为厚重极具内涵的人生大书，"大道低回，独鹤与飞"。但我愿一点一点地翻阅，用心细细地品读、了解、感悟这本书。

小时候懵懵懂懂，父亲带我参观他的写作小屋时，告诉我，他就在这里写作。那是天津市多伦道216号大院后院一排平房中的一间。过去是《大公报》创始人之一吴鼎昌用人住的地方。这间小屋只有一张写字桌、一把椅子、一张单人床。说到写作，他似乎有种兴奋，他告诉我："我吃的是草，挤的是奶。"我茫然、困惑不解，是嫌母亲做的饭不够好吗？他为什么这样说呢？后来我才知道他背的是鲁迅先生说过的一句话，那是他的心志。

在一个城市与父亲共同生活52年的岁月里，我对他的了解逐渐加深。尤其搬到蛇形楼之后我已经退休，常去看望他，父亲身体好时三言五语也给我说过他对文学创作上的一些独特见解，对我的求教也有一两点针对性的指导。父亲去世后，我历经十余年寒窗苦，在 2011 年与 2013 年写完《布衣：我的父亲孙犁》与《逝不去的彩云》两本怀思父亲的书。之后，我对父亲的作品渐渐熟悉了起来，是父亲的作品伴着我度过了远离慈父的岁月，是父亲的作品给了我莫大的安慰，给了我奋进的力量，给了我如见亲人的温暖，给了我更多写作上的点拨与规诫。我不仅是父亲的女儿，还是他的读者、学生；他不仅是我慈爱的父亲，还是对我谆谆教诲引导我写作的良师、近在咫尺的国文教员、文学启蒙人。无论过去现在，我为有这样一个父亲感到深深地自豪。不论做人为文，他永远是我学习的楷模。尤其当我发苍苍、视茫茫，年近古稀之际，能亲身体会到文学创作带给我的慰藉与快乐之时，我的心中充满感恩之情。现在我的女儿也拿起手中笔写了很多关于姥爷的回忆，在天津《中老年时报》上开辟了专栏。我们都是仰望大树的小草，根深叶茂的参天大树，一枝一叶都令我们景仰无限，叹为观止。

在父亲孙犁七十多年文字生涯里，他用心血凝聚了 300 多万字的心灵之作。这笔丰厚的文学遗产，是中外优秀文化遗产的继承与发展，尤其是对鲁迅文化遗产的继承与发展，留给了后人，留给了民族，留给了中国现当代文库。

父亲而立之年在延安窑洞写出成名之作《荷花淀》，以高超的艺术手法，传递了民族精神、爱国热情；不惑之年父亲满怀激情在天津市和平区多伦道原 155 号《天津日报》编辑部写出抗战题材长篇小说《风云初记》，成为烽火中的抗战文学红色经典、爱国主义优秀教材。在和平区多伦道 216 号侧院《天津日报》宿舍披星戴月写出中篇小说《铁木前传》，被称为共和国中篇小说经典扛鼎之作；花甲之年至耄耋之年，他在天津市多伦道大院与南开区蛇形楼内呕心沥血又写出了十本散文集，四百多篇文章。这十本小书，浸透着父亲"沉迷雕虫技，至老意迟迟"十三年废寝忘食的投入，焕发着老树着新花的光彩，闪烁着真知灼见的光辉。20世纪80年代初，八卷本《孙犁文集》面世。这八本文集，民族魂魄铸雄文，浸透着父亲半个多世纪以来文学历程的心血才智，字字似珠玑，篇篇有情义，创造了一个历经关山考验，白纸黑字可不作一处更改的奇迹。

父亲一生虚心向生活学习、向人民学习，他把生活留给了历史，历史也留住了他的文学生命。他是一位一生向人民奉献精品的作家。

为了弘扬伟大的爱国主义精神，为了弘扬中华民族优秀传统文化，为使优秀文艺作品成为人民群众的知心朋友，我于2015年——中国人民抗日战争暨世界反法西斯战争胜利70周年这一具有重大历史意义之年，抱着"缅怀先生莫如读他的作品"这一理念，怀十三年追思之痛，仰高山之大美、叹芸斋之丰赡、赞耕堂之奉献，与父亲友人花山文艺出版社原副总编辑、资深编审李屏锦先生共同主编了这套丛书。他与我父亲生前交往甚洽，这次编书不遗余力地给了我极大帮助。此"孙犁读本"系列包括：《孙犁抗日作品选》《孙犁诗歌剧本选》《孙犁评论选》《孙犁书信选》《孙犁作品·少年读本》《孙犁作品·老年读本》《孙犁晚作选》《孙犁论读书》《孙犁论孙犁》《孙犁名言录》，共十种。

在花山文艺出版社领导张采鑫、赵锁学等同志的鼎力支持下，在杨振喜、刘传芳、郑新芳、梁东方等孙犁研究专家、学者、编辑的齐心努力、不辞辛劳工作中，这套饱含对孙犁先生思念与景仰，崭新、素雅、简朴、易读、面向广大读者的丛书终于面世。

怀文学梦　一生追寻

父亲自小聪慧好学，奶奶常夸他"三岁看大，七岁知老，从小爱念书"。还是在本村上小学时，教书先生就对我爷爷说："你这个孩子，将来会有更大的出息。"上高小后父亲便爱上了新文学作品，除了课堂受教，他经常利用课外时间阅读报纸图书，他的同学们都知道，操场上少见他的身影，图书馆是他最爱待的地方。

"不积跬步无以至千里，不积小流无以成江海。"在文学理想追求上，父亲一生不仅极为执着，极为勤奋，而且也与梦悠悠相关、绵绵缠绕。从他少年时的"求学梦""莲池梦"，青年时的"文学梦""青春梦"，壮年军伍时的"游子梦""报国梦"，晚年时的"耕堂梦""芸斋梦""桑梓梦""还乡梦"，他有追梦的"无与伦比之向往"，有梦想破灭的失意与痛苦，也有美梦成真的快乐欢欣。

自青少年时期受到《红楼梦》《聊斋志异》《牡丹亭》及唐诗宋词这些与梦有关的古典文学影响，父亲对博大精深的中华民族"梦"文化也有兴趣。在父亲晚年创作中，《书的梦》《画的梦》《戏的梦》《戏的续梦》《青春余梦》《芸斋梦余》，皆以"梦"字为题，而《亡人逸事》《老家》《包袱皮儿》《一九七六年》《幻灭》《关于〈山地回忆〉的回忆》等一些充满亲情、乡情、军民鱼水情和切身感受的作品，也不乏梦的情愫。他默默地如春蚕展吐，不断地编织已逝的旧梦，在静静的编织中，又不时补进现实沉潜的感受。

"梦的系列"是父亲晚年创作中的一个重要组成部分，是他十年梦魇之后，孤独反思、寂寞为文所留下的不可忽视的一道独特的文学景观，与"白洋淀系列"相比，尽管两者风格截然不同，前者荷浮幽香、清新隽永，后者老辣逼人、意蕴丰厚，但都紧紧触摸着时代的脉搏，都是他心路历程的凝结。

文如荷美　品似莲清

　　文品、人品的高度统一，造就了父亲作品历久弥新的生命力。

　　父亲一生爱国家、爱民族，七七事变后，抛妻舍子告别双亲，带着一支笔投身抗日洪流，走上革命的路，写作的路。战乱奔波，行军跋涉，被大水冲走过，被炸弹爆炸惊吓过，上前线采访险遭不测过，在蒿儿梁病倒过……山边、地头、农舍，他创作了大量优秀的抗日作品，为这场保家卫国的伟大战争做出了热血男儿安邦御辱的无私奉献。及至晚年，日本帝国主义的铁蹄声犹在耳畔，敌人肆虐后的战士、群众、孤儿寡母哭啼声犹在耳畔，不忘国耻、警钟长鸣。生活中他布衣素食，不求享受，甘于清贫，不慕奢华；在平凡的生活中我行我素地保持着他对文学理想神圣的追求。

　　1966年惊心动魄的"文革"开始后与父亲共同经历了多次被抄家、被逼迁，共同经历了人妖颠倒、文士横死、文苑凋零的严酷与惨烈，父亲的文学梦被无情摧毁。我深知这一"史无前例的文化运动"对他造成的心灵伤害。

　　父亲在逆境中不向权贵折腰，不跟风、不整人。我亲眼看见，父亲向造反派交代的材料上只有一行开头，无半句下文；我亲耳听他沉痛地呐喊："这是要把国家搞成什么？"别看父亲体质瘦弱，可他是非分明、疾恶如仇，铜枝铁干无媚骨，不管形势多么复杂、多么混乱，他头脑清醒不盲从，更不做违背良心良知的事情，有传统知识分子的风骨。

　　"四人帮"祸国殃民的邪恶凶残，令这个正直的作家深恶痛绝。任风云变幻、黑云压城，他铁骨铮铮，宁折不弯。十年动乱、头戴荆冠,他不跟形势修改自己的抗战作品,一字不动,宁可沉默,不昧天良;任污蔑辱骂,不求助于位高有势的权威、新贵以求"解放"。他浊清分明,耻于跟那些帮派文字登在同一版面。

书衣残帛记心语,旧牛皮纸封皮上一段段语句,犹如日记,倾吐出他内心多少积郁忧愤。

父亲极其尊崇热爱鲁迅先生,诗人田间在艰苦的条件下曾赠他"横眉冷对千夫指,俯首甘为孺子牛"两寸宽窄纸对联,与他相互激励。

我记得与父亲谈话,涉及先生的照片集、作品,只要提到鲁迅先生,父亲神情声音便立时充满了仰慕与崇敬,双眼闪现出钦敬的光芒。

鲁迅先生伟大的人格,对民族强烈的责任心,疾恶如仇、爱憎分明的战斗精神,对文学事业至死不渝的耕耘努力,是父亲一生的楷模。父亲晚年依然忧国忧民,关心国家精神文明建设,捍卫民族文化与自尊。他认为"文化大革命"首先破坏的是文化,文化的含义很广,它包括中国的历史和传统,道德和伦理,法律规范和标准,"文化大革命"破坏污染了人的灵魂,流毒深远,一时难以复原。"文革"以后,国民的文化素质,呈急剧下滑状态。为了捍卫民族语言的纯洁性,回击随意践踏中华民族语言的一股邪流;为了抵制那些说起来很时髦,听起来以为很潇洒,实际上对青少年成长极为不利,甚至诱导犯罪的口号;为了揭露某些作品媚俗、色情、暴力等精神污染给社会带来的种种危害;为了用美好高尚的文学作品为青年一代提供优秀的精神食粮,托起祖国明天的希望,这位年高体弱的抗战老战士,仿佛又听到祖国民族的召唤,以凌厉的战斗姿态,披坚执锐,跃马扬鞭,驰骋疆场,一往无前。

书生模样,战士情怀,君子本色。晚年父亲抨击文坛不正之风,无私无畏，哪怕孤军作战，腹背受敌决不退缩，决不投降！正如诗坛泰斗臧克家先生称赞孙犁那样：批判文坛不正之风，少有顾忌，直抒胸臆，"具有卓然而立的精神"。

　　无论小说、散文、诗歌、剧本，孙犁先生的作品都能给人以美的享受，如同没有被污染过的纯正的粮食一样，别样甘甜、香醇。

　　父亲的散文，是他一生默默耕耘的悠长的犁歌。从小小少年在育德中学刊物上发表习作开始，到耄耋之年仍挥毫不辍，一时一事一景一情，无不记下自己的足迹、时代的弦歌。耕堂散文清雅质朴，意境深邃，个性突出，文字练达，富含哲理，真情毕现，是他人生历程鲜活的记录。

　　"感情的真挚与文字朴实无华是写好散文的要素。"这是父亲在《论散文》中强调指出的。他自己也遵循了这一要旨，正因如此，他的许多名篇名段至今仍被他的读者津津乐道、默默涵泳，具有春草夏荷般的生命力。

　　不论是他的"病期琐谈"还是"芸斋梦余"，不论是"往事漫忆"抑或"乡里旧闻"，他纯熟的白描手法、寓意深远的抒情、含蓄多弦外之音的表达、简洁朴实的语言素为研究者所称道。

　　读父亲的散文，尤其是晚年之作，常常让我流下感动的泪水，就是因为感动于《亡人逸事》，父亲不弃糟糠、对妻子至深情感，2003年5月我写出了《摇曳秋风遗念长》一文。其实有些篇章，父亲新写出来后自己也一遍遍诵读、背读，自己也不禁流出对文学神圣力量感动的泪水。历经战乱流离、天灾人祸，荣辱沉浮、病痛折磨，写作是对他的慰藉、同情和补偿，无可替代。他常常在寂寞、痛苦、空虚的时刻进行创作，他常常在节假日别人欢喜游乐时进行创作，他常常在深夜月光下、在别人休息酣睡时进行创作，全身心投入使他忘记了病痛。

　　"子夜荧荧，灯昏欲蕊；萧斋瑟瑟，案冷凝冰。集腋为裘，妄续《幽冥》之录；浮白载笔，仅成孤愤之书。"父亲晚年以古人顽强创作心志，远离红尘闹市在孤独寂寞中著书，在他书房的书柜上有台灯，在他睡觉的床头有台灯，月光不知为他伏案窗前投下多少光亮。

坎坷际遇，沧桑容颜；苦辣酸甜，乡情浓酽；战友情深，依依难忘；怀思清幽，情凝笔端。"创作贵有襟怀，有之虽绳床瓦灶，也无妨文思泉涌；无之，虽金殿皇宫，也无济于事的。"父亲在《远道集》"宾馆文学"文中这样慨叹。他的《荷花淀》写于延安窑洞，马兰草纸、自制墨水、油灯摇曳、木板搭床、砂锅瓦罐、伙房打饭，他自得其乐。在他晚年，箪食瓢饮、老屋陋巷亦铸华章。

时间是最严厉也是最公正的评判者。

父亲一生没有大红大紫，许多作品还经常受到指责和批判。《铁木前传》更让他背负骂名，九死一生，家破人亡。"十年荒于疾病，十年废于遭逢。"只要能拿起手中笔，他就会写作，倾吐心声。历经岁月的洗礼，大浪淘沙，如今他的作品被更多的研究者所称道，为更多的读者所欣赏，曾被他自己定位"我的作品寿命是五十年"的期限已经大大超过，安息于天国的他应感欣慰。

白洋游子　故园情深

由于父亲写过《荷花淀——白洋淀纪事之一》《芦花荡——白洋淀纪事之二》《白洋淀边一次小斗争》《采蒲台的苇》《一别十年同口镇》《白洋淀之曲》（诗歌）《莲花淀》（剧本）等多种文学形式的有关白洋淀的作品，有不少读者误认为他是白洋淀人、衡水人。其实父亲的老家是河北省安平县东辽城村，距离白洋淀还有一段路程。对故乡，12岁就外出求学的父亲一往情深，故乡的乳汁、故乡的恩泽在他身上和作品里都打下了深深的烙印，

"梦里每迷还乡路，愈知晚途念桑梓。"愈到晚年他思乡愈切。父亲家乡临近滹沱河，经常旱涝不收。虽不富庶，但生养之地民风淳朴。在父亲的晚年文字中，《度春荒》《童年漫忆》《蚕桑之事》《听说书》《第一个借给我〈红楼梦〉的人》《贴春联》《父亲的记忆》《母亲的记忆》《老家》《鸡叫》……皆饱含深情。童年与小伙伴们的野地追逐，乡风民俗，老屋炊烟，亲情挚爱，哪一样不让白洋淀游子怦然心动，魂牵梦萦？安平，古称博陵郡，历史悠久，是革命老区，因"众官民安居乐业且地势平坦"而得名。这个吉祥的县名，小时候常听父母念叨。如今的安平县，发生了巨大变化，已成为闻名中外的"丝网之乡"。

如果现在走进河北省安平县父亲的故乡，无处不在的"孙犁故里"安平精神与孙犁精神融为一体，您一定会被这里强烈的爱国爱乡氛围所震撼。"孙犁纪念馆"由前文化部长、著名作家王蒙先生亲题，"纪念孙犁书画苑"由著名作家贾平凹先生亲题。沈鹏、欧阳中石、霍春阳、从维熙、徐光耀、梁晓声等国内180多位著名书画家、作家捐赠作品展出。重新修盖的"孙犁故居"四字匾额由诺贝尔文学奖得主莫言先生亲书。故居内设八块孙犁作品碑林，展示其文学业绩。在安平烈士陵园则有父亲亲手撰书的"英风永续"四个大字，他亲自撰写的《三烈士事略》英烈事迹也垂教后来，诵颂百代。文韵荷香，铁肩担道义，妙手著文章。故乡人民以他为骄傲，这位一生心系故土的作家，家乡人民永远怀念他。

父亲生前极为关心学生教育问题，关心青少年成长环境。他关心家乡子弟读书学习的事迹至今在河北省安平县广为传颂。

父亲一生不喜仕途，远离官场，晚年更是足不出户，囿于耕堂之地，不爱出头露面开会应酬。在天津，对那拿着一沓子钞票找上门来的求他题写饭店匾额的老板拒之门外，一字不供。可他

1983年为天津市少年儿童基金会捐款2000元（那时候写一本散文集稿费是600元~700元，需写一年）。后又将家乡祖产大小五间房屋，片瓦不留，全部捐给乡里办学并捐资；先后为安平中学、安平县"大子文乡中学""孙遥城小学"题写校牌，题字。一方面是对故乡难以割舍的感情，一方面是对家乡莘莘学子的爱护与期望。"祖宗的烙印我是从安平土地上产生出来和走出来的。"父亲如是说。

1953年，父亲曾回乡为安平中学学生传艺授课，讲《如何写作》之课题，当时有30名由学校精挑细选出来的学生听课。回津后，父亲又给学校寄去包括鲁迅、冰心在内的多种经典名著，还有自己的作品。他特别关心县里的文化教育事业，希望县领导千方百计地以教育的繁荣和发展来保证乡亲们尽快地富裕起来，日子一天比一天好。

如今，孙犁先生手持书本4.6米高的汉白玉立像矗立在安平中学孙犁广场，长青植物映衬着松柏后凋的品格，黄色的菊花寓意着"人淡如菊"的布衣精神；底座"孙犁"二字由中国作家协会主席铁凝亲题。

水秀地灵华北明珠白洋淀地区曾是冀中抗日根据地，虽然不是父亲的生身之地，但它是父亲重要的第二故乡。正是由于有在白洋淀边一段教书难忘的宝贵的生活经历，才能使父亲在文学生涯里形成了重要的白洋淀系列。1958年由康耀伯伯帮助病中父亲编辑的《白洋淀纪事》由中国青年出版社出版，初收54篇孙犁小说散文，此后多次再版。1981年2月，父亲在为友人姜德明同志所藏精装本《白洋淀纪事》题字时这样写道："君为细心人，此集虽系创作，从中可看到：一九四〇年到一九四八年间，我的经历，我的工作，我的身影，我的心情。实是一本自传的书。"

晚作十种　激浊扬清

"衰病犹怀天下事，老荒未废纸间声。"晚年父亲的《晚华集》《秀露集》《澹定集》《尺泽集》《远道集》《老荒集》《陋巷集》《无为集》《如云集》《曲终集》十种作品集一一问世。他不忘文学的崇高使命与作家的神圣职责，发扬并丰富了我国革命文学的现实主义传统，以深邃之思想，创新之文体，鲜明之艺术风格及炉火纯青之文字，为商品经济下的当代中国读者构筑了一座守望自我与真善美的精神家园。1995年5月30日，父亲在耕堂亲自抄录了作家曾镇南先生写给他的一本嵌十本小书名的五言诗，并送给了我。

父亲录后写道："余衰病之年，曾君镇南屡作关怀之辞，近又作五言一首嵌拙作十书于内，诗有魏晋风神，声音清越，喜而录之。"

那天上午，父亲抄录完此诗受到鼓舞，心情喜悦，连年劳苦不觉一扫，顺手将此书幅递给了我，今愈知其宝贵胜金。父乃谦谦君子，没有张扬发表造势之意，唯有默默留作纪念之心。经自己练笔多年感悟，方知父亲连续奋战十三个春秋，孜孜矻矻、不眠不休、日夜兼程、焚膏继晷之万般辛劳。

淡泊名利　德谦行逊

回眸历史，70年前，1945年5月15日（当时报纸上刊登的是"中华民国三十四年"），在延安《解放日报》当天报纸第四版右上角登出一篇五千字左右的小说，题目是《荷花淀——白洋淀纪事之一》，版式竖排。开篇那段著名的"月亮升起来，院子里凉爽得很,干净得很,白天破好的苇眉子潮润润的,正好编苇。苇眉子又滑又细,在她怀里跳跃着……"伴着诗一样的语句,一个质朴、宁静、勤劳、柔美的冀中青春妇女形象一下子跃入人们的眼帘……一个富有传奇人生色彩、将生命附丽于文学的作者瞬间迸发出耀眼的光华。那简洁明快的语言,那巧妙的构思,那充满浓郁的生活气息的对话,那新鲜的创作手法,尤其出自年轻的妻子们口中的埋怨与谑语,更是出神入化,令人称绝。这篇小说不仅是一首令人心神陶醉的抒情乐曲,而且称得上是一支振奋人心鼓舞斗志的战歌。

不同凡响的稿件犹如一块石头投入平静的湖水,激起不小的浪花,当副刊编辑方纪拿到这篇稿件时高兴得差点儿就跳了起来,报社整个编辑部都为之轰动。发表后,更是好评如潮。随着美誉传陕北,人们知道了作者的名字,这是接受上级命令奉调从冀中步行千里奔赴抗日中心的一名原华北抗日联大的教员,他现在是延安鲁艺的研究生,第六期的学员,他的名字叫"孙犁"。这位从冀中走来的年轻作者,从此蜚声文坛。"清新庾开府,俊逸鲍参军",兼有现实主义与浪漫主义美学风格的《荷花淀》迅速被重庆《新华日报》和解放区的各报相继转载,新华书店和香港书店又分别收集了他的其他作品出版了《荷花淀》小说散文集。此后以《荷花淀》命名的版本不断问世,至今印刷不衰。

凡读过此文的读者,总有这样深切的感受,爱国的情怀充溢着身心;浓密的芦苇是军民筑起的长城;挺出水面的荷箭,是射向日本侵略者的武器;小船上几个年轻妇女,正警觉着四周动静;潜伏在硕大荷叶下的八路军战士正准备开展一场针对鬼子的生死歼灭战。

至今,《荷花淀》巨幅彩色壁画陈列在中国现代文学馆大厅显著位置,彰显着这篇文学经典与作者在中国当代文学史上的地位。《荷花淀》不是从血与火、你死我活的残酷战争场面，而是从人性美人情美的另一个角度解读人民战争。它不仅以它独有的艺术魅力吸引着几代读者阅读、欣赏，更是列入了全国语文统编教材和大学文科现代文学必读书目；也曾多次列入中学语文课本，而今正向青少年阅读领域迈进。

据我所知，1945年在延安，毛主席读了刊登在《解放日报》上的短篇小说《荷花淀》之后，用铅笔在报纸边白上写下"这是一个有风格的作家"给予赞赏。

我十几岁时有幸与父亲就《荷花淀》的写作问题进行过面对面的交流，那简短的对话成为我向父亲求教写作知识最珍贵的记忆。他那从容的回答，喜悦的神情，受了赞扬有些腼腆的样子，深深地印在女儿心里。我总的感觉是他在西北风沙很大的黄土坡上写了淀水荷花，所以延安的人们喜欢看；他在"那里的作家都不怎么写"的情况下（刚整风完）标新立异，所以受稀罕；当时他写作条件不好，可是写得很顺，得心应手，一气呵成。父亲的原话是："在窑洞里，就那么写出来了，连草稿也没打。"对名著的诞生，他说得轻如风淡如水，没有标榜，没有炫耀，没有拔高，没有自得。

20世纪40年代，父亲的《丈夫》和《区村和连队的文学写作课本》获晋冀边区文联鲁迅文艺奖；20世纪80年代父亲荣获全国老编辑荣誉奖，1986年11月获全国新闻工作者协会荣誉证书；1989年4月《孙犁散文选》荣获全国优秀散文（集）、杂文（集）荣誉奖；1983年至1988年，《远道集》《谈作家的素质》《耕堂序跋》连续三次获天津市鲁迅文艺奖；1986年至1990年，《谈照相》《一个朋友》《近作之写》等三次获《羊城晚报·花地》佳作奖。1995年8月15日，中共天津市委宣传部在纪念抗战胜利和反法西斯战争胜利50周年之际，为表彰他自抗日战争以来为革命文艺工作做出的贡献，颁发给他"抗战文艺老战士"荣誉证书。这些荣誉父亲生前从没跟我提起过，是我整理他的遗物时收集的。

大约1996年、1997年前后，有一次父亲跟我说："我不同意'南有谁谁，北有谁谁'的说法。人家是人家，我是我。"据我所知，"南有某某，北有某某"在戏剧界、美术界早有这种提法，如"南有麒麟童，北有马连良""南有张大千，北有溥心畬"等等。凡能有这种提法的，都是名气非常大、艺术造诣极深的人物。"南有巴金，北有孙犁"这一盛誉谁不景仰？而父亲坚决不接受这种提法。他觉得巴金先生那么大成就，自己比不了。如同他坚决不同意说他是"荷花淀派"创始人的说法一样，对别人求之不得送上门的顶级荣誉他拒不接受。1962年，49岁的父亲便写过《自嘲》这首诗："小技雕虫似笛鸣，惭愧大锣大鼓声。影响沉没噪音里，滴潋人生缝罅中。"他敢于把自己一生中的不足、缺点都写进文章，谦谨好学、不浮不躁、实事求是伴随了他的一生。他把自己看作一滴水，只有融入江河，流向大海才不会枯竭。

桃李不言　下自成蹊

2011年11月5日，由中国报纸副刊学会与天津日报社联合主办的"2011孙犁报纸副刊编辑奖"在天津静海县颁奖。这也是天津文艺界、新闻界的一份荣光。父亲虽然离开了我们，但他甘为他人做嫁衣、甘为人梯、做铺路石的无私奉献精神将激励副刊工作者奋发向前，创造辉煌。

进城后，父亲是《天津日报》的创始人之一，在长期从事文艺副刊编辑工作中，倾注心血培育新苗，他以《天津日报·文艺周刊》为园地，与同仁共同培养了很多文学幼苗成长为参天大树，已成文坛佳话。但他从不以文坛伯乐自居，更不当状元的老师。看到年轻人从自己这个低栏跳过，他由衷地感到高兴。他以书信为载体，与多位青年作家、编辑保持联系，对他（她）们进行写作上的鼓励，被誉为"我国报刊史上一代编辑典范"。

父亲愿化作"尺泽"，润泽过往善良的鸟兽，他的这种精神，就是奉献精神，园丁精神。2013年，著名作家从维熙先生在为拙作《逝不去的彩云》一书所作序中写道："从文学的视角去寻根，我也是孙犁这棵文学巨树的一片树叶。孙犁作品不仅诱发我在青年时代拿起笔来，而且在我历经冰霜雨雪之后，是继续激励我笔耕至今的一面旗帜。不只我一个人受其影响，而踏上了文学笔耕之路，仔细盘点一下，真是可以编成一个文学方阵了——这是老一代作家中罕见的生命奇迹。"

一生爱书　不离不弃

父亲深厚的文化积淀与广博的学养来源于中外优秀典籍之馈赠。与父亲在一个城市共同生活这么多年，感受最深的是他对书的感情。

他对书一往情深，从年轻时脖颈上套着装有鲁迅先生作品的布包行军打仗、跋山涉水，与身上背的干粮、墨水瓶一样行止与俱，有空就读，到老年坐拥书城，满室书香，每本心爱之书不是有书衣便是有书套，舒舒服服待在书柜里，他为之掸尘、补缺，他为书衣写字题跋，视若"红颜知己"，不离不弃，白头偕老。他与书是一生结缘、心心相印。

他嗜书如命、喜欢读书仿佛是与生俱来的。我母亲说他对书"轻拿轻放，拿拿放放""最待见书"。他自己跟我说，报社爱打扑克的人有句口头禅：孙犁搬家——净书（输）。

好的书籍对于父亲不是消遣、不是娱乐，他自己曾写过：书给他以憧憬，给他以营养，给他以力量，给他以启示，使他奋发，使他前面有希望，使他思想升华……他视好的书籍为指路明灯、精神的栖息地。

在艺术探索的道路上，父亲就像摆在他书柜上的那匹驮着绿色水囊的唐三彩骆驼一样，不畏艰难，跋涉大漠，仰天长啸，奋勇直前。父亲晚年独居静室，"素处以默，妙机其微，饮之太和"，广泛吸收着中华典籍丰美优良的传统文化精华，自由翱翔于文字时空，沉浸于清纯、悠远的创作境界。

父亲是令人钦敬有真才实学的学者型作家，德、才、学、识兼备，集小说家、散文家、理论家、批评家、诗人于一身，有多方面的艺术才能。他的文艺理论、文艺批评见解精湛，读其文论"可兼得学问、见识、文采三者之美"。一些精辟、精彩之句，常为文学爱好者背诵摘抄、引用学习，成为文学入门必读之章。他的大量有关读书的文章深入浅出、观古知今，文字清峻古朴，有浓郁的文人气质，有其独特的艺术欣赏趣味。

他的诗歌有散文之美，以记事为主，发哲人之思，是他"处世的情怀之作"。父亲从小便与诗词相伴，读诗、写诗求知萤火边。早年流浪北平，他获得的第一笔稿费五角钱也是因诗而得。他的诗中我最喜欢《自嘲》《悼念小川》及《大星陨落》《生辰自述》中的四言诗。其古体诗《悼内子》是写给我母亲的，令我今生难忘永怀于心。"雕虫蒙记忆，烹鲤问沉绵"，他的书信近年被广泛搜集，通信人众多，友人、作家、文学评论家、编辑、文学爱好者、同学、青年学生、家乡校长、县领导等等，内容极为丰富，其中有多封涉及文学创作方面的交流探讨，尤为可贵。

他的"芸斋小说"，是个人切身经历的情感体验。还有不少的杂文、随笔，以犀利的笔法，剖析国民品性，针砭假恶丑，呼唤真善美的回归。

彩云即使随风流散，也会化作春雨润物细无声；飘落的黄叶，即使归入泥土，也会化作春泥护花红……

2015年5月23日是父亲生辰之日，如果他还活着，是102岁。他属牛，笔名芸夫，他一生就像一位田间戴笠的老农执犁扶耧，不怕风吹日晒，不惧冰雹霜雨，默默耕耘，春种秋收。"文章能取信于当世，方能传世于后代。"我相信他用毕生心血汗水凝结不欺人、不自欺的心灵文字，充满"真诚善意，名识远见，良知良能，天籁之音"的道德文章，会继续散发出人品与文品完美结合之双重魅力，润泽滋养更多读者的心灵，为书香社会增添正能量，引导更多的文学爱好者走进文学曲径通幽、姹紫嫣红的艺术园林。

2015年4月28日

目　录

我决定了…………………………………………………… 1
冀中抗战学院校歌………………………………………… 4
儿童团长…………………………………………………… 5
梨花湾的故事……………………………………………… 13
白洋淀之曲………………………………………………… 25
春耕曲……………………………………………………… 42
大小麦粒…………………………………………………… 46
山海关红绫歌……………………………………………… 56
自　嘲……………………………………………………… 63
旧作一首以呈淮舟同志…………………………………… 64
一九六二年三月二十八日晨　承光殿看玉佛…………… 65
一九六三年二月二十四日晚　奉和陈乔………………… 66
悼内子……………………………………………………… 67
悼念小川…………………………………………………… 68
寄抗日时期一战友………………………………………… 70
题陈毅同志诗册…………………………………………… 72

无题（又是春天到）……………………………… 73

感　遇……………………………………………… 74

燕雀篇……………………………………………… 75

海　鸥……………………………………………… 79

猴　戏
　　——童年纪事 ………………………………… 83

蝗虫篇
　　——童年纪事 ………………………………… 89

生辰自述…………………………………………… 95

海葵赋……………………………………………… 98

无题（箕山倚杖待日出）………………………… 99

吊彭加木………………………………………… 100

柳絮篇…………………………………………… 105

一朵小花………………………………………… 111

印　象…………………………………………… 114

灵魂的拯救……………………………………… 119

希　望
　　——七十自寿 ……………………………… 126

甲　虫…………………………………………… 131

窗　口…………………………………………… 133

老　树…………………………………………… 141

作家之死………………………………………… 144

童　年…………………………………………… 147

天　使…………………………………………… 151

无题（一生多颠沛）…………………………… 155

无题（不自修饰不自哀）……………………… 156

读《长城》某期小说……………………………………… 157
题赠娄向丽…………………………………………………… 158
题赠荆小珍…………………………………………………… 159
"七七"画十景………………………………………………… 160

民兵参战平汉线（鼓词）…………………………………… 164
顿足（独幕剧）……………………………………………… 177
莲花淀………………………………………………………… 181

编后记………………………………………………………… 198

我 决 定 了

一

离开了家,
离开了家乡的一切。

二

母亲的眼泪,
妻的怨语,
小孩的哭闹。
我解脱了,
死了一般的解脱。

三

都市的烟,
都市的尘土,

都市的丑恶，
都市内的热力，
掠过我的眼；
肥美的大腿，
骷髅似的脸面。

四

世界是对称的，
我想。

五

一部分的人，
正在输血，
给那一部分的人。

六

一切，
都由量的变化，
进到质的变化。

七

多量的血,
形成了少数的健康美。
多量的泪,
换来了一两个浅笑。

八

在这里,
我多知道了些,
比在家里。
我决定了,
就这样流浪下去。

载天津《大公报》1934年4月26日,署名芸夫

冀中抗战学院校歌

同学们,
莫忘记那火热的战场就在前方。
我们的兄弟们,正和敌人拼,奋勇不顾身。
说起那,大好的河山,被敌人强占,
烧毁的房屋,荒芜的田园;
记起那,曾被鞭打的双肩,曾被汗污的衣衫。
前方在战斗,家乡在期望,
我们要加紧学习,努力锻炼,
把刀枪擦亮,叫智慧放光。
我们要在烈火里成长,
要掀起复仇的巨浪!
我们要在烈火里成长,
要掀起复仇的巨浪!

一九三八年八月

儿 童 团 长

白杨的叶子黄了。
柿子黄了。
天空,
到了傍晚,
接近山头、
接近树木的地方,
也染黄了。

百花湾的儿童团团长——
小金子,一个十三岁的孩子,
从山根里的茅房里走出来,
站在村口,
转一下眼,
唉咳一声,
像大将从戏台的"出将"门走出来一样。

小金子,

不是装神气,
他是想起了工作。
"工作",
对于他是这样严重。
于是就要——
转一下眼,
咳咳一声了。

他向东走去,
走到小拐五的家里去。
他向门里喊:
"小拐五!
今天该你站岗,
吃过晚饭就去,
在梨花沟山头上。"
里面回答了:
"小金子啊,
小拐五的腿脚别扭啊,
要走那么远的山道。"
是小拐五的妈说话。

"三大妈啊,
要不是他的脚别扭,
像他这么大,
早该提出去,
抬架伤兵了!"

小金子要走了。

他要去找老头队交涉:

小拐五送信不行,

老头队要派一个能干些的,

配合一下呢!

可是他走了几步,

又回来站在门口:

"三大妈啊!

天气冷了,

在夜里更不行。

叫小拐五带些衣裳啊!"

说完了,

他才走向南坡去。

夜半了,

山风呼啸着。

天空,

没有星星没有月,

只有闪电。

在东面山顶,

响来了一声雷。

小金子,

又从那山根下的尖顶茅房里走出来,

头上罩着那祖传的大草帽,

卷起了裤管,

赤着双小脚。

他开始爬上山道。
他要去查一查岗哨。
"在雨天,
小拐五,
会溜走吧?
而且,
把他滑到山涧里去,
那才糟糕!"

他走上半山腰。
寒风吹来,
他打了一个寒战;
他把草帽拉紧,
不叫它翻落了,
他吹了一声口哨。
他翻过一个大山头,
他走到那个顶深顶阴暗的山沟。
在白天,
他在这里常看见绿蛇。
老人传说:
这沟里惯出妖精。

他又用力,
拉一拉草帽,
再吹一声口哨,

他心里有些跳。
又是一个闪,
照见,
沟里有许多黑影;
又是一声雷,
好像要把沟里的妖精击碎。

小金子,
闭上一会儿眼,
身上紧接着来了几阵寒战。
但是一个想念,
像一条火绳,
闪耀在他眼前,
　"我是在抗日啊!"
　"我是在抗日啊!"
小金子,
握住了降妖精的法器。
"怕什么鬼呢?
你怕日本鬼么?"
他自己和自己,
小声开着玩笑,
前进了。

他加速地前进,
忘记了雷,
忘记了闪,
忘记了打寒战,

忘记了跌跤,
忘记了脚被石子刺破了。
在离岗位
十几步的地方,
他定住了。
天黑得怪,
见不着小拐五。

他又向前走了。
一块石头,
被他蹬下去——
"呼啦!"
突然,
"谁?啊!"
小金子想:
"和小拐五开个玩笑吧。"
他不答应。
又把脚旁的一块石头蹬下去,
"呼啦……"
"谁?"小拐五怒叫了。
"不说话我要开枪了!"

小金子暗暗笑。
"这小子也学会吹牛。
开枪,
开你娘的鸟枪。
可是,

鸟枪你也没有啊！"

然而，
小金子说话了：
"是我。
我是小金子，
来查岗。"
小拐五，
跑上前来，
告诉他：
"老头队的人送信到城南庄去了。"
小拐五，
拉他到一块大石底下。
这是个好地方，
可以看见三面，
又叫雨淋不着。

小拐五告诉他：
今天夜里过了许多的受伤的弟兄，
他们是攻下陈庄的英雄。
小拐五说：
"我到山下去慰劳他们，
我又高兴，我又伤心！
我高兴他们打死了八百个日本鬼，夺回了陈庄；
我伤心他们也受了伤。"

小金子高兴得猛地站起来，

可一下就碰到石头上。

他说：

"小拐五你冷不冷？"

小拐五说：

"夺回了陈庄我高兴得要出汗了。"

他俩都想大声笑笑，
但是想起了他们是在放哨。

一九三九年

梨花湾的故事

一

这个故事，
出在山西和河北的交界上
阜平县的一个村庄。

山庄的名字叫梨花湾，
柿子、胡桃、梨子，
是这山庄有名的出产。

这山庄，
在春夏两季叫人恋想。
梨花开，杏花放，
一片好风光。

满山腰，
红的花，

织成一条锦带。
围绕着这山村，
添加不少光彩。

从村边，
流过胭脂河。
雨后，
泉水从山涧流下，
冲滚着半红的沙果。

说不尽的，
这村庄的甜甜蜜蜜。
可是自从来了日本人，
一切就不再为人提起。

二

聂司令员，
在春天作了一个号召，
建立太行山铁的子弟兵！

这号召，
像秋后的山风，
向整个太行山吹动。
这号召，
像一个帜标，
整个的边区

向这方向奔跑。

梨花湾的牧羊人
李俊,
第一个加入阜平营。
李俊
是梨花湾第一个抗日英雄。

三

李俊
只是这么一个人:
平常不好言语,
在心里,
可总有个不可移的主意。

去年腊月,
李俊的妻
生下第三个小孩,
日本人来了,
逃跑在野地里。
受了惊吓和风寒,
丢下了五天的婴儿死去。

李俊没有哭泣,
只是抱着那新生的孩子,
在坟旁坐到天明,

在妻入土的那天夜里。

小孩子，
十天头上死去了。
李俊的母亲，
带着白发，
照料那两个孙儿长大。

今年三月，
李俊要去当兵。
母亲哭着问：
"为什么呢？"
李俊回答：
"就这样活下去吗，一生？"

四

李俊从小就给人家放羊，
人们早就给他起下一个外号
——"放羊大王"。

李俊从八岁干起
这个勾当，
二十二年的山坡生活，
使他学会了许多技艺。

他能一块放牧

三群羊，
指定给它们活动范围，
不叫它们相互来往。

石子、喝喊，
是李俊的号令。
石子抛去打中五十步外的羊头，
喝喊，能使群羊服从。

晚上，
当羊入圈的时候，
李俊站在木栅旁，
只一瞥眼，
便计清了羊的数目。

在山坡上，
他结交了七个兄弟。
这一次一同从军，
他们自己要成一个班，
班的名字就叫"牧羊"。

五

欢送李俊，
梨花湾开了一个会。
请来了一班小戏，
做了两桌酒席。

许多青年小伙子
对李俊说:
"今天你要醉一醉。"

这几天来
炮声不断,
敌人在邻村,
烧了三十间房子,
抢走了五个女人。

在五道庙台上,
梨花湾妇女抗日救国会会员
给李俊换上一身新裤褂,
纽扣上插上一朵红纸花。
"李俊保卫我们,
我们向他致敬呀!"

李俊的母亲,
拉着两个穿白的孙儿,
流着泪走来。
村里的儿童团向她致敬。
小戏班演出一个节目,
赞美他母子的别离。

六

妇救会会员

王兰,
是三十岁的一个女人。
长着一头黑发,
一个圆圆的白脸。
她是村东头
李歪的太太。
李歪是个醉鬼,
听说去年就参加抗日了,
可常见他跑回家来。

王兰是梨花湾
顶好的妇救会会员。
一村的人对她,
都另眼相看。
王兰今天很忙,
对着李俊
她不住地夸奖。
她对李俊的母亲说:
"大妈,不要难过,
两个孩子的衣穿
我负责,
领吃的
到村公所。"

王兰斟上一杯酒,
送到李俊面前。
她说:

"大兄弟,
不怕人家笑话,
只要你安心打仗,
我做你那孩子们的后娘!"

大家都笑了。
李俊在笑声里带着哭腔:
"兰嫂子,
这番心肠
我至死不忘!"

正午的时候,
八个牧羊人集合了,
他们是结拜一样的兄弟,
结拜去打日本帝国主义。

王兰给李俊抱着孩子,
跟在他背后,
翻过一个山头,
又翻过一个山头……

七

王兰把李俊送走
回到家来,
一推门
看见李歪躺在炕头。

"你怎么又回来了呀!"
王兰笑着责备他。
可是那个咬紧了牙:
"我不回来
死在外面呀!"

八

李歪从队上开了小差
他不敢从大道走,
从小路跑回家里。

在村边他遇见了老朋友李鼠,
李鼠和李俊有仇,
今天正在生气。

李鼠从李歪走了,
便没有了伙伴,
没有人和他温酒,
没有人和他赌钱。
他看见李歪回来了,
开口就向他说:
"大哥,别干了吧,
在家里多好呵!
你不在家,
嫂子不安分,

和牧羊的李俊勾搭上了,
给人家做裤子,
给人家戴花,
唉,还说……"

"还说什么呀?"
李歪歪着头生气了,
可是头总不能对准李鼠。
"你倒是说呀!"

李鼠告诉他:
"王兰送李俊送出山庄,
给人家抱着孩子,
还说要当孩子们的后娘。"

九

李歪到家里,
一看,
果然没有他的妻,
便躺在炕上生气。
王兰一进门,
李歪便开火,
斜着眼骂:
"你这浪老婆!"

王兰没有和他骂,

只是白着嘴唇说：
"你是开了小差吗？"
对方说：
"对啦！要在家里看守着你这坏老婆。"

王兰跑出去了。
李歪吃不到饭。
天晚了，
李歪点上灯，
等着王兰睡觉，
可是连个影也等不着。

李歪歪着头生了大气，
从炕上跳下来，
他想去打他的女人，
把她拉回来，
撕掉她的皮。

但是他一想起：
"我是开小差回来的，
叫妇女救国会知道了了不得。"
便自己吹灯睡觉了。

十

第二天，
王兰派来一个女孩子，

告诉李歪:
"李歪呀,
快滚你的蛋吧!"

"要是你不回队去,
我便永远住在李俊家里,
替他照顾孩子,
和你散个蛋的啦!"

一九三九年十月七日百花湾

白洋淀之曲

第 一 部

拿起铁尖的木棍,
菱姑两脚
像飞一样,
跳上了冰床。

冰床只铺上一片苇席。
一个柳条编制的小篮,
放着一包点心,
一件棉衣。

菱姑站立在冰床的后端,
只用木棍在冰上一点;
冰床就开始奔跑,
像箭离开了弦。

昨天飘了雪,
早晨还挂着冰柱,
淀的周围笼着一层烟。

白洋淀已经成了一片冰,
这里是一个真的水晶宫;
远处有一片荻苇,
挑着芦花在寒风里抖动。

冰床在冰上滑行,
菱姑两手忙着撑动,
离端村不过十里,
这是熟悉的路程。

菱姑的年岁,
还正在青春,
头发和那顶黑绒帽子,
一般黑润。

菱姑低着头,
望着脚下的冰,
半月前她曾在这里行走,
她认识每条冰的裂缝。

那天是水生撑着冰床,
而她坐在床的中央,
身上没有战栗,

面对着阳光。

那一次,
水生送她一顶黑绒帽;
她记起水生亲手给她戴好,
她是笑了一个怎样动情的笑!

想起这些,
只使她更加焦急,
她恨不能像水鸟一样,
一刻就飞到水生那里。

那天半夜,
传来一个消息:
在端村作战,
水生伤了身体!

想念像一团乱丝,
在她心里搅,
她不知道伤是重呢,
还是伤了一些手脚?

前面传来一阵歌声,
是打冰捉鱼人正在歌唱;
几十个人拿着铁锥,
几十个人抱着夹网。

人们排成了两行,
一行人打开一亩大小的冰块,
一行人用夹网
在冰缝里夹出水草来。

鱼儿在水草里蠕动,
孩子们把它捡进筐笼;
有鲫鱼、鲤鱼、小的虾米,
在冬季它们都藏在水底藻草里。

打冰的
都穿着用牛皮制的鞋,
在人们中间,
还有一个指挥者。

指挥人嘴里唱一支歌,
人们随着歌声动作;
铁锥和夹网的响声都有节拍,
人们在寒冷里会觉到快活。

今年的歌声,
只有凄凉;
指挥的老者,
也只有头垂气丧。

菱姑从打冰场经过,
歌声使她的心儿沉落;

人们今年都遭到空难,
今天她也跌到了不幸里面。

"你不要怕寒啊,
不要怕冷啊,
一年的吃喝,
就在这一冬啊!"

歌子的开始,
简直像葬曲;
菱姑走过不远,
听见这样地接下去:

"今年啊,
可不同往年啊,
没有了房子,
也没有了吃穿!

"日本人来,
烧了房,
烧了船只,
烧了苇塘!

"夏天鱼多不能捕啊,
荷花菱角不能收啊!"
嚓!嚓!嚓!
嚓!嚓!嚓!

人们在这里，
靠着水生活，
千百年来，
谁不说这一带是水乡南国！

在这河北省的平原，
有这样一个大水淀，
环绕着水淀有一条宽堤，
春夏两季有个西湖的颜面。

荷花淀的荷花，
看不到边，
驾一只小船驶到中间，
便像入了桃源。

淀的四周，
长起芦苇，
菱角的红叶，
映着朝阳的光辉。

人们用各种方法捕鱼——
用竹条编成小闷笼，
用苇秆插成陷阵，
或是放着鱼鹰。

菱姑生在淀北边一个小村，

从五六岁起
便蹲在水边,
小心地在水草里拣鱼。

她还会编织苇席,
编织得那样细密;
她会自己撑船,
帮着母亲用罾网捕鱼去。

十六岁,她认识了水生,
水生没有村庄,
从祖父起
他们便在水里游荡。

菱姑有一对明亮的眼睛,
而和水生结了婚,
那明亮的眼睛
就赛过黑夜的星星。

水生从父亲手里
接过一只船,
他常载鱼到天津,
用脚力换来两人的吃穿。

菱姑和他在水上生活,
在夜晚,
梦里听着淀水拍着船板,

看着白条从水里往上翻。

水生有时温柔,
但有时更粗暴;
有一年为了有人来抽鱼税,
他曾领导着伙伴打闹!

那时菱姑曾经劝说,
但水生回答:
"你要容忍,
那你就别生活!"

村游击小组成立,
水生射击在苇塘,
在堤后,
在灵巧的小艇上。

菱姑担心,
他回答,
笑着可也庄重——
"等敌人把你抢走吧!"

第 二 部

从端村北街,
吹起一声铜笛;
缩头在一株老杨树上的乌鸦,

呀呀叫了两声飞起。

端村,
人称小天津,
这个叫水三面围绕的村子,
船桅曾经排列如林。

靠河边有许多小店铺,
妇女们谈笑着洗衣服,
小贩在船头做起生意,
渔夫们称量着银色的鱼。

今天再看不见船桅,
船桅已经烧成炭灰;
房子都烧去房顶,
墙上留着炮击的洞。

铜笛从街东走来,
后面有人打着小皮鼓,
再没有别的音乐,
除去一个女人的啼哭!

八个穿黑色衣服的,
抬着一个白木棺,
在棺前
挑起一个白纸剪成的幡。

铜笛断续,
像哀叫的羊;
打皮鼓的垂着头,
任小鼓发出暴烈的声响。

一束干草,
放在棺的上面;
送葬人走在棺的前头,
一个人散发着纸钱。

跟在后面,
菱姑紧紧抓住木棺,
把头在棺盖上碰撞,
用湿透的白巾盖住脸。

她简直是被棺拖走,
两条腿再没有了力气,
眼泪从她眼里流干,
她叫着水生哭泣!

太阳还没有升出,
大地蒙住一层雾;
在一个苇塘的边沿,
掘好水生的坟墓。

当棺木送进坟坑,
铜笛开始了尖声的吹鸣;

人们先围绕着墓穴用手撒土,
然后用铁锹堆起坟墓。

八个抬棺人,
这时站在坟前;
他们都穿着黑色短衣,
铁青着脸。

八个人,
都是二十上下的青年;
八个人,
都生长在白洋淀。

一个年岁最大的走出,
开始向坟墓告诉;
声音像冰块炸裂,
他要唤醒那死亡者。

"你是
我们弄船的弟兄,
你是
我们游击小组的英雄。

"我们九个人,
守住端村,
你说:
不能再让敌人走出走进!

"你受了伤,
还不下房,
更爬上前,
掷出九个手榴弹。

"从小你就是最有志气,
最有见识;
我们都不如你,
可是你先死去!

"你丢下了我们,
放下了你的枪;
你扔了菱姑,
你留下多少敌人的该射击的胸膛!

"今天啊,
我们分离;
我们要说些什么呢?
你要吩咐我们些什么呢?

"我们八个人,
现在站在你面前起誓:
为要给你报仇,
我们情愿一齐去战死!"

第 三 部

菱姑被抬回了家中,
她伏在炕上,
在黑夜,
好像做了个梦。

天明,
跑到八个人那里,
她说:
从今天要练习射击!

从一个弟兄手里,
拿过水生的驳壳枪;
枪上的丝穗,
还是她亲手系上!

过去她拿起水生的枪,
曾经手颤;
现在握住枪,
就像按住了水生跳动的心房!

一股热血冲上她的脸,
热情烧蓝她的瞳孔;
水生的力量变成了她的力量,
扳动枪机就握住了活的水生!

伴着水生,
菱姑走上战场;
在战场,
就像两人生活在船上。

握住水生,
菱姑忘记什么是死和生;
枪一响,
就是水生活的生命!

热恋活的水生,
菱姑贪馋着战斗;
枪声一响,
她的眼睛就又恢复了光亮。

一声枪,
水生给她命令:
"菱姑,
要像我一样英勇!"

连发枪,
水生向她密语:
"菱姑,
眼泪是谁给你的?"

夜晚,
菱姑抱着枪睡觉;

白天，
把枪插在丰满的腰。

子弹，
一颗颗向敌人射击；
敌人，
在冰冻的地上倒下去！

菱姑，
听到了水生的欢笑；
这欢笑，
像结婚前后两人的打闹。

水生生在水上，
战斗在苇塘；
菱姑同样，
生长、战斗在船上！

结婚的甜蜜，
产生在白洋淀；
而水生的尸首啊，
埋葬在淀的边沿！

在白洋淀，
敌人射击死了水生；
而菱姑在这里，
射击敌人的性命！

水生一生,
没离开白洋淀;
纪念水生,
菱姑将永远在这里作战!

只有在这里,
菱姑才想起水生,
看见水生,
看见水生的笑容。

菱姑看见:
残荷梗,
飞飘的荻花,
冻在冰里的红菱;

菱姑看见:
堤上被锯伐的柳杨,
烧毁的门窗,
扯碎的渔网;

残废的桅,
破碎的船板,
连鱼儿也消瘦了,
连水草也要求抗战!

白洋淀上,
冻结着坚厚的白冰,
白冰上冻结着鲜红的血!
牺牲者——水生的英灵!

热恋活的水生,
菱姑贪馋着战斗,
枪一响,
她的眼睛就又恢复了光亮!

一九三九年十二月二十日阜平东湾

春 耕 曲

说明——
二娃子去耕地了。
秀花儿牵出自家的小黄牛,
要帮忙二娃子,
因为他是抗日军人的儿子。
二娃子十岁,
秀花儿十岁,
小黄牛三岁。

二娃子唱:
秀花儿你看那柳叶儿黄,
你看那桃花红,
你听那村庄的锣鼓响叮咚。

秀花儿唱:
你看那擦亮的枪,
你看那新缝的绿军装,

你听那山前嗒嗒的军号响。

小黄牛唱:
你看那背镐的汉,
你看那撒种的姑娘,
你听那空中燕儿的新歌唱。

秀花儿唱:
柳叶儿黄得像那新军衣,
桃花儿红的是那战士的脸儿笑嘻嘻!

二娃子唱:
秀花儿,你冬天灯下缝成新军衣,
春天帮我来耕地。
爹爹在前线感谢你,
我在家里最爱你!

秀花儿唱:
好看比不过那新军装,
明亮比不过那枪上的光,
好听比不过那军号响。
光荣无比的是上战场啊,
像你家爹爹那好模样!

二娃子唱:
天上没有云好天气,
地皮儿翻起多美丽,

肥肥的泥土儿像黑漆,
可以种谷也可以种稷。

秀花儿唱:
那米儿香,
那谷穗把头低;
那黍稷儿黄,
黄得像金沙一粒又一粒。

小黄牛唱:
给抗属耕地我有精神有力气,
我很光荣很神气;
我不吃娃子的草料,
我也不休息。
我看不惯那东庄懒婆娘,
整天价梳头打扮吊儿郎当,
去找些坏朋友把淡话讲,
不愿意下地也不肯下场!

三人合唱:
我们把力气埋在这好田地,
好田地长出绿的苗,
长的根,
金黄的米。
你看那天空亮,
你听那水流急,
那奔跑在山上的子弟兵,

那勤劳在地里的好男女。
我们把力气埋在这好田地，
好田地长出了绿的苗，
长的根，
金黄的米！
……

一九四一年二月

大 小 麦 粒

那个大村镇上,
日本鬼子用一座土地庙
成立一个"公仓"。
从城里开来十辆汽车,
汽车在深一脚浅一脚的路上哗啦哗啦响;
又抓到二十辆牛车,
牛儿们把头低到地皮上。

鬼子四出抢掠,
重复着一套屁话,
荷着枪站在汽车上;
汉奸们分头到各家搜查,
大圈里、小圈里的,
全装到车上。

就是这么一回子事,
一百多口袋麦子进了"公仓",

一个鬼子荷着枪守卫在庙门上。
晚上月光照进院里,
一只黄毛耗子穿来穿去。
判官的脚下,
有一颗青年漂亮的麦粒,
轻轻叹着气。

他一叹气不要紧,
全仓的粮食都哼唉起来,
谁也没有睡着,
心里很乱!

青年麦粒走出来,
双眉紧皱。
这时候东南角上,
那是小鬼站脚的地方,
有人招呼了一声。

是一颗年老的
却也很强壮的麦粒。
他望着青年麦粒说:
"喂,这边来,
你是我的一个侄儿哩!"

青年麦粒
一听很生气,
他带着一肚子不痛快走过去。

老麦粒说:

"你不认识我,

我和你爸爸是兄弟;

只有那么强壮的他,

才能产生这么强壮的你。

"我和他一样身强力壮,

主人把我们种在肥沃的土地里。

他锄得勤,

按时浇水,

收割的时候,

我们全身金黄,

撒在场上,

耀眼的光亮。

"女主人又把我们选出来当作种子,

去年才把你爸爸种上,

是他产生了你们,

我留在后方,

谁知道会遇到这班强梁!"

青年麦粒

稍稍平心静气,

他还有些怀疑这老头的来历。

他说:

"你既然是和我一家出来的,

你讲讲我们的主人和他的田地。"

老年麦粒微微一笑,
表示他不会被这样的问题难倒。
他说:
"主人很年轻,
十分勤俭,
是一个村干部,
却从不疏懒地里的生产。
不等太阳出来,
就站在我们的身边;
他呼吸着新鲜的空气,
把胳膊舒展;
他用清凉的井水,
给我们洗浴。

"我们那女主人,
年轻美丽,
常出去开会,
也帮助丈夫收拾土地。
她牵头黄牛轧场,
用柔软的手,
把我们撒在空中,
吹去糠皮,
他们很爱那个孩子……"

青年麦粒

已经眉开眼笑,
老年人说的都是事实,
描写得也很美好。
主人们的心事就是这样:
麦子打得多,
孩子长得壮。

他说:
"你是我的伯父,
或者是一个叔叔,
我离开了可敬爱的主人,
心里十分难过!"

老麦粒说:
"我离开他,
一切希望都没有了!
再不能生长在肥沃的土地上,
迎受热烈的阳光,
吸收清凉的夜露,
看狡猾的兔儿们竞走,
听草虫儿歌唱。
我要在这里腐烂,
叫鬼子吃掉,
变成可耻的大便!"

青年说:
"我们的命运还不一样!

我这样年轻,
就遭了殃,
不能做战士的口粮,
变成战斗的力量。"
……

现在半夜。
鬼子穿着破皮鞋,
啪嗒啪嗒响。
那只黄毛耗子,
偷偷跑进来,
冷不防
把老年的麦粒吞吃了!

年轻的倒抽一口冷气,
赶紧跑到角落里;
他想伯父没有活命了,
又一想:
等着叫敌人吃掉,
倒不如叫耗子吃了!

且说那只黄毛耗子,
并没有把老麦粒吞下肚子;
它衔在嘴里,
要回到家去,
放在它们的"公仓"里。
它的家离这里很远,

要经过一条长长的地道，
才能到哩。

它的家，
在一间茅屋的炕厢里，
它把麦粒放下，
正要休息休息。

老麦粒也渐渐苏醒，
微微喘着气；
想到不装敌人的肚皮，
也暗暗欢喜。
就在这个时候，
一个火亮儿照到洞里，
又有铁铲的声音，
翻动炕上的坯。

黄毛耗子大吃一惊，
跑到洞口去看风声；
回来时焦黄的脸，
招呼着老婆孩子们：
"快跑，快跑！
有人剿我们的窠来了！"
它什么也没顾得拿，
跑得像一溜烟。

铁铲的声音越来越近，

还有人说话的声音。
老麦粒侧耳细听,
一个男人说:
"你去拿口袋吧!"
听来好像是主人。
过了一会儿,
一个女人说:
"要不是坚壁在这里,
也得叫鬼子抢去!"

老麦粒一听,
正是女主人的声音;
一口袋麦子立在地上,
一盏油灯雪亮。

女人又对丈夫说:
"你看,准是耗子吃来着,
这样一颗肥大的麦粒抛在这里!"
用她那好看的手指捡起,
投进口袋里去,
男人用一条麻绳把口袋扎起。
女人说:
"我看明天就驮到集上卖了去!"
男人说:
"你女人家,
知道什么?
驮到集上,

还不是给敌人送去!
是,他给你两张红票子!
可是那比'鄪都银行'出的还不济!
我们却犯了一条罪名……"

妇人忙问:
"什么罪名?"
男人说:
"你不记得?
军民誓约上说,
不卖给敌人粮食,
不用汉奸票子。
我是抗日的,
怎能把粮食送进敌人的嘴里去?"
女人说:
"经你一提,我也想起。
今年麦熟,
要不是八路军保护,
麦子就收不到家里,
我看收拾收拾慰劳子弟兵去!"

老麦粒
躺在口袋里,
一听十分欢喜!
他呐喊说:
"快去,快去!
叫子弟兵吃饱了打'公仓'去,

解放那些受苦受难的子侄兄弟！"

诗人们歌唱土地，
爱好风光；
假如没有粮食，
土地是干燥的，
风光也就飞去！

　　　　　　一九四三年春天

山海关红绫歌

当山海关的脚下，
一只勤谨的雄鸡，
叫了报明的头一声；

在街上，
谁家这样早起？
雪白的窗户上，
透出了红灯的光明。

莫不是，
党的小组会，
还没有散？
莫不是，
劳动妇女的机杼，
还没有消停？
谁家的老汉，
要早起拾马粪？

莫不是,
村里的民兵组,
要早起出征?

关上的雄鸡叠声唱遍,
北斗星的勺柄,
敲响了角楼上的风铃;
东方的太阳,
刚在大海底下腾起;
风霜正吹打,
西边的长城!

小小的窗户上,
灯火更亮;
有一个小姑娘,
低言悄语,
叫了一声。

她叫醒她的老奶奶,
问问老人:
鸡叫几遍,
天才会明?

她在灯下打开花包裹,
从里面抖出五尺红绫,
红绫上边绣着字,

四个大字：
"人民英雄"！

姑娘在灯下端详看，
左看右看笑盈盈。
她想起了
那青年战士红红的脸，
军帽檐上，
挂着冰凌。

她想起他那宽皮带，
肩上的三八枪，
挺拔的身形。
她想起，
她已经三年没有见过他；
为了人民，
他们转战南北和西东！

屈指算算新年就近了，
他们是不是就要进关，
攻打天津和北平？
黑夜间思想，
白天门前站，
今天该不会又放空？

睡不着觉了，
就叫醒老奶奶；

千万年的老话,
讲给孙女听。

老奶奶说:
老家原在关里住,
不能生活才走关东。
老爷爷在窑上,
脱坯累死;
老奶奶拖儿带女,
受尽苦情!
流落到山海关,
不能再走;
开个小铺,
搭间席棚。
五十年的岁月尽是泪,
经过多少变乱,
担过多少惊?
西首是长城,
东首是海;
山海关,
是南天北地一个喉咙。

几千年,
多少人马从这里过,
马粪囤街齐窗平。

号角吹翻碉楼上的瓦,

铁蹄踏碎,
石头长城!
老年的箭头,
拾来打铁;
做饭没柴,
去捡雕翎。
早晨的太阳,
夜晚的月,
不是风声,
就是枪声。

小姑娘说:
过去的争战是帝王富,
今天的战士,
是给人民立功。
老奶奶,
可还记得那个小战士?
他的老家也在冀中。
三年前的冬天,
在这里过,
热炕烫得他脊梁疼;
他又要打从这里过,
回到关里解放北平!

小姑娘,
眼放光,
小小的耳朵,

贴在窗纸上。
远远的石路，
有响动，
是不是解放军的前哨，
到了街那厢？

小姑娘，
巧梳妆，
一面小镜，
放在窗台上。
她把红绫往自己身上挂，

面对着镜子，
细端详。
面对着镜子，
她抿嘴笑，
披红挂彩的人儿该来到了！

血红的太阳，
海面上起；
关上的铁铃，
响叮当。

小姑娘，
出房来，
茶水点心挨户排，
秧歌队的锣鼓动地响，

震得大海起波浪；
毛主席的大像，
高高挂，
太阳照在山海关上！

青年的队伍在街上过，
排头到了关口上；
一样的衣裳，
一样的炮，
一样的年轻，
一样的光芒！

小姑娘，
红红脸，
红绫飞上了战士的肩，
当街的群众喝声彩，
红花开遍山海关！

一九四九年一月旧年的除夕

自　嘲

一

平生事迹如荒坡，敢望崇山与长河，
虽有小虫与丛莽，漫步重游亦坎坷。

二

小技雕虫似笛鸣，惭愧大锣大鼓声，
影响沉没噪音里，滴澈人生缝罅中。

一九六二年二月九日

旧作一首以呈淮舟同志

曾在青岛因病居,
黄昏晨起寂寞时,
长椅沉思对兽苑,
小鹿奔跃喜多姿,
紫薇不记青春梦,
素菊摧折观赏迟,
如今只留栏栅在,
天南地北难相知。

一九六二年二月九日信附录

一九六二年三月二十八日晨
承光殿看玉佛

一

　　眉用金描唇渥丹，面相慈悲体庄严，
　　右臂袒露丰无骨，匠人造意已登天。

二

　　玉洁冰清此第一，千年曾不染微尘，
　　眸凝眉低唇欲启，发愿涤净儿女心。

三

　　玉桥车马万丈尘，水声松涛两失闻，
　　团城应不似闺阁，高空明月未眠人。

一九六三年二月二十四日晚奉和陈乔

碧水晴天柳色新,小镇危楼异乡人。
曾蒙枉驾相砥砺,又同戎马走烟尘。
白洋战绩著青史,我艺雕虫少奇文。
京师再会白鬓发,围炉话旧暖如春。

悼 内 子

一落黄泉两渺茫，魂魄当念归家乡。
三沽烟水笼残梦，廿年嚣尘压素裳。
秀质曾同兰菊茂，慧心常映星月光。
老屋榆柳今尚在，摇曳秋风遗念长。

一九七〇年十月二十六日

悼念小川

你的诗从不会言不由衷,
而是发自你肺腑的心声。
你的肺腑,
像高挂在树上的公社的钟,
它每次响动,
都为的是把社员从梦中唤醒,
催促他们拿起铁铲锄头,
去到田地里上工。
你的诗篇,长的或短的,
像大大小小的星斗,
展布在永恒的夜空,
人们看上去,它们都有一定的光亮,一定的方位,
就是儿童,
也能指点呼唤它们的可爱的名称。
它们绝不是那转瞬即逝的流星——乡下人叫作贼星,
拖着白色的尾巴,从天空划过,
人们从不知道它的来路,

也不关心它的去踪。
你从不会口出狂言，欺世盗名，
你的诗都用自己的铁锤，
在自己的铁砧上锤炼而成。
雨水从天上落下，
种子用两手深埋在土壤中。
你的诗是高粱玉米，
它比那伪造的琥珀珊瑚贵重。
你的诗是风，
不是转蓬。
泉水呜咽，小河潺潺，大江汹涌！

一九七七年一月

寄抗日时期一战友

每想到你,
不是现在,
不是北京。
每想到你,
是在晋察冀,
是青春和战斗交织并长;
是大山深谷,
风沙呼啸,
河水铿锵;
是你奋步前进的独特姿态。
你每每走错路,
钻错山沟,
每每转身,
但仍是走在我们的前面去。
在大柳树上,
在大岩石上,
都留下你战斗的诗句,

短小而锋利,
匕首投向敌人!

载《天津文艺》1978年第4期

题陈毅同志诗册

与君不相识,直言感我心,
尊君刚正士,更仰百战身,
将军之一去,大树发悲吟,
青史名山业,小人不足论。

一九七七年三月二十九日

无　　题

又是春天到，柳絮逐东风，
高扬飞天际，溷迹沟壑中。
归燕衔泥去，筑巢桂堂东，
桃花红陌上，新育一代成。

曾随家乡水，九曲入津门，
海河风浪险，几度梦惊魂。
故乡月皓朗，天津日昏沉，
鸟鹊避地走，不闻故乡音。

　　余素不喜照相，今年六十七岁，毕东同志为摄制一帧，装入镜框，天地甚广，思有所饰之。今日晨起，录无题二首，即作题像诗，拟请曾秀苍同志书之。
一九七九年三月二十九日孙犁记

感 遇

我有同心友，结交三十春。
十春或一见，一见倍情亲。
不因某负俗，轻之如路尘。
不因某迍邅，避之以保身。
视彼下石者，感慨难具论。
谁谓鲍管交，于今无与伦？

一九七九年七月十五日致吕剑信附录

燕 雀 篇

在乡村
燕子像远方来客
最受欢迎和照顾
我小时母亲就对我说
不能玩弄燕子
那样就会坏眼睛
即使光屁股小燕
从窝里被挤落在地下
母亲也要爬高把它送回窝里去

我家屋门的上亮
专为大燕留了一个小口
让它们随时飞出飞进
家家如此
大燕无后顾之忧
急急忙忙修窝、产卵、喂小燕
然后又飞走

对待家雀
却完全不是这样
每个小孩,人手一只
或大或小
不分冬夏,玩死为止
你说燕子长得就那么漂亮
也不见得

这是在乡下
当我进了这个大城市
有一年春天去游开洼
那里燕子真多啊
简直是铺天盖地有
人在大洼里
支架上很长很长的网
网下面绷着几只燕子
成群的燕见它们受难
就扑了下来
网一落,就捉住几百只
拍打死放在麻袋里

我问别人
捉这些燕子干什么
人家告诉我
这就是大馆子里卖的铁雀
麻雀没有燕子好捉

也没有这么多货

就用燕子去烧烤

我看了看捉燕子的人

眼睛都很好,并没有坏

从此我再也不吃这个城市卖的铁雀

我想

北方农村对燕子的宠爱

可能给它招来了

这场大的祸害

它们在这里生活惯了

以为自己无害于人

以为在蓝天之下

大地之上

不管飞到哪里

人们都会对它们友好

这是燕子的一种幻觉

麻雀就比燕子聪明

不要看它们常常被孩子们玩弄于手掌之中

还一记得那一年对麻雀的扫荡吧

全国动员,如临大敌

敲锣打鼓

上房爬树

摇旗呐喊

到处驱逐

麻雀

或飞向深山岩洞

或在老窝潜伏

那一天我在青岛见到

筋疲力尽，坠落到地下的

都是一些娇嫩的黄雀

事情平息了

麻雀又飞了出来，飞了回来

仍旧唧唧啾啾

满檐满树

食麦啄谷

一九八〇年十二月十日下午
载《滹沱河畔》1981 年第 1 期

海　　鸥

一

我第一次见到海鸥,
便以为这是一种神鸟。
它的洁白的羽翼,
翱翔在海洋的波涛之上,
回旋在太空的云雾之中。
它不食人间烟火之物,
从不飞近红尘闹市的上空。
它对人世,好像一无所知,一无所求,当然也一无所有。
它对于人,缺乏警惕,不知逃避,
也没有人恫吓它,投掷它,驱逐它,
或在它的身上引起贪欲。
我曾见到有人平白无故地射杀了一只海鸥,
这种人只能看作是禽兽之余。

二

同居的人给我买了一只马蹄表，
名叫海鸥，
不久，又把它推落在地上。
表不能报时了，
室内失去了节奏。
有一天，一个少女叩门，要为我修理，
我一见很陌生，几乎把她的盛情拒绝。
她终于坐在我的台子前面了，
庄严郑重地，拆卸了小表，
我递给她一个茶盘，又铺上一片白布，
她还是遗落一个小零件在桌子上。
她心不在焉，她用白布把小表包裹起来，
说是要送给师傅。
她微笑着巡视我室内的花草，
然后告辞。

三

阴晴不定，风雨不止，
我的处境很是艰难。
同居一室的人也走了，
少女也不再来了，
小表还是不声不响。
我从它的牌号想起了海鸥，

我问道：

海鸥，

从外表看，

你是如此娇嫩，

像春花秋月，

霓裳羽衣。

但你并非候鸟，

不在寒暑之间趋避。

你为什么从来不避风雨，

而能与风雨相狎，相习？

你害怕当空悬挂的烈日吗？

你栖息在大海远处的岩石上，

你听惯了波涛汹涌的声音，

这就是大海生命的节奏吗？

大海曾否有过叹息？

它有什么爱憎吗，有什么遗憾吗？

小表不能回答。

它的创伤并没有得到医治，

而斗室之中并没有真正的海鸥。

四

大海当然无所不包，

因为通向它的身上，有无数河流渠道。

流到这里的，有清有浊，有美有恶。

大海的波涛鼓动，也是来自它的心脏，

它的呼吸，就是潮汐，

配合着日月的消长。
它冲击岩石，然而岩石不动。
凡是可以动摇的东西，都被海水冲垮了，
岩石挺立在海岸，
海水对它无可奈何。
海水冲上来，又退下去了。
你说是冲击也好，爱抚也好，亲吻也好，告别也好，
海水存在，岩石就存在。
夜晚：我在海边散步，
海水的声势多大，多么吓人，
水不断溅到我的衣服上，
我想到的不是自己，
而是岩石。

一九八〇年十月二十二日下午
载《天津日报》1980年10月30日

猴　　戏
——童年纪事

这是一个很小的村庄
丁字街处有一处广场
春节期间
农民们闲着没事
吃过午饭
就到这里来
背靠北墙晒太阳

西街口来了一个卖艺人
这人有四十多岁
穿着山东农民的粗布服装
他牵着一个猴子
身后跟着一只黑色小巴狗
身旁还有一只小山羊
手里提着一面小铜锣
肩上背一只白木箱

在丁字街头
他把箱子放下
向一位老者鞠躬行礼
把一束竹筷子
交到老者的手上
然后在地上钉上一根铁橛
把猴子拴在上面
就绕着圈子打锣开场

村里的男女老少
都围了上来
老者分散着筷子
叫妇女们回家去拿干粮
嘱咐说，多拿一些
走江湖卖艺很不容易
挣些干粮回去
一家老小才能度过春荒

这时小巴狗已经开始表演
不过是跳绳、打滚、钻铁圈
也没有什么好看
小山羊垂头闭眼
在一边很是安闲
这里家家养着山羊
更不是什么稀奇新鲜
只有那只猴子
农村少见

它坐在铁橛上
不断眨巴着两眼
这里不是都市
更不是公园
这里没有游览者
投给它苹果、饼干

这是一只老猴
缺乏营养
它的宿毛并没有脱净
还有一些像破毡条
挂在它的身上

最可怜
是它脖项上锁着一条铁链
因为长年磨损
那里的毛已经磨完
猴子用双手把胸前的锁链托起
这样来减轻它经受的苦难
然而，它的节目开始了
卖艺人围着场子走
敲响手中的小铜锣
拿锣槌的手里
同时还握着一条皮鞭

猴子顿时紧张起来
它有些战栗，非常不安

它的眼睛惊怖地望着卖艺人
注视着它手里的皮鞭
卖艺人的眼睛
转向猴子时也很可怕
他把手里的皮鞭微微一抖
那猴子迅速站立起来
拖着铁锁绕着铁橛转

卖艺人唱起来了
他唱道
打开百宝箱
戴上紫金冠
又把皮鞭一抖动
望了猴子一眼

猴子吃惊地奔到木箱那里
掀开盖子
把一顶缀着珠子的王帽戴在头上
卖艺人唱着
穿上黄龙衣
来到金銮殿
猴子回头望望他
愤怒地龇了龇牙
又穿上一件黄马褂

王帽已经破烂不堪
黄马褂也有不少破绽

但既是穿在猴子身上
这已经是最精彩的表演

因为长年坐铁橛
猴子的臀部磨得很亮很红
孩子们突然喊叫
猴屁股着火了
猴子用两手护着身后
表现了非常的不安和惊恐
卖艺人转身
向儿童们作揖
请他们不要再这样起哄
然后是猴子骑羊
卖艺人唱道
听说番邦出了兵
孤王御驾去亲征
小山羊驯服地走了过来
猴子凄然地骑了上去
走了两遭
就散场了

老者收齐竹筷
每一根筷子上
都插着一块干粮
卖艺人向老者鞠躬道谢
把干粮分一些给猴、狗、羊

这时太阳将落

卖艺人踟蹰地走出村庄

三里外有一小镇

那里有一家店房

留宿客商

人们也要回家做晚饭去了

站了半日

腿有些累

身上也有些凉

这种场面

一年虽说只有这一次

并没有深刻的记忆

留给这小小的广场

一九八〇年十二月二十九日

跋

  却有深刻的记忆,在我的心中。在农村,观猴戏,当时不过六七岁。今我年近七十,种种景象,仍宛然如在目前。特别是猴子的那种惊恐眼神,卖艺人手中皮鞭的抖动,思之令人身冷。吴承恩创造了一个美猴王,以后有许多演员,以人去演猴,皆能成为艺术。然以猴演人,铁链、皮鞭训练出来的表演,并非艺术,乃生财糊口之道耳。猴子并未进入角色,所思当在山林同伙之间,腾攀掷跳耶?

当晚又记
载《新港》1981年第3期

蝗　虫　篇
——童年纪事

自古以来
我们民族的四大灾害
就是水旱兵蝗
差不多逐年写在历史上

这种小小的昆虫
在田边小道上
辛苦地孳生
它不把卵产在松软的田地里
它知道春天来了
犁锄要在这里翻耕
会伤害它的幼虫

它在人们踏硬的小道上
用它那柔软的腹部
努力拱动着大地
时间长了

居然也能入地三分
把卵产进里面去

第二年春季
只等禾苗绿了
这些像蚕子一样的东西
从地里孵化出来
像蚂蚁那样大小
在土地上齐头跳跃
它们先是呈现灰褐色
和土地一样
然后呈现嫩绿色
和禾苗一样
它们吃得很多
生长得很快
禾苗吃光了
它们脱了皮
长上翅膀
飞到别的地方去

幼年时，我见过一次过飞蝗
它们铺天盖地
遮住了太阳
一时天昏地暗
它们带着不祥的风声
使人非常恐惧
它们落在院子里

落在门窗上

然后进入人住的屋里

落在炕上

挂在顶棚上

勾结攀缠、互相压挤

膨胀、鼓动

屋顶和地下

都有一尺厚的蝗虫

人被它们惊呆了

鸡犬在它们面前

惶惶不知所措

谁也不敢伤害它

它们的降临

使人们想起了神

于是跑到蚂神庙去祭祀

在田地里

像落雨的声音

像落冰雹的声音

蝗虫在进食

一切绿色的东西

全不见了

庄稼吃成了光杆

树上没有了叶子

顷刻之间

使农民们嚎天叫地

然后它们起飞
成群结队
不约而同
奔着一个方向
没有一只掉队
它们不同于蜂群
蜂群要围绕蜂王旋转
声势也没有这样大
祸害也不过是蛰人
这是饥饿和贪欲驱使的
乌合之众
谁也看不见它们的领袖在哪里
却能够所向无敌

只要看蝗字的右半边
不用黄而用皇
从原始时代
人们对它就是多么无奈和恐惶

当然，这是少见的现象
在平常的日子
并不是这样

在它们还是蝗蝻时
农民们

把它们赶入深沟

集体埋葬

下霜以后

儿童们在清晨

当肥大的蝗虫

寒噤不能展翅的时候

把它们捉入布囊

过去

水灾和蝗灾

常常接连

于是有人说

鱼子和蝗子互变

把锅烧热

盖上锅盖

把蝗虫放进去

再倒上一些盐水

这种食品

叫作旱鱼

蝗虫还有变种

尖头的叫作担杖

比较文静

能叫的是蝈蝈

可以笼养

目前农村大量使用农药

它们与蝗虫
已经同时绝迹

附记： 一九三九年，我被调到阜平一带工作。阜平山穷水恶，地瘠民贫，公粮匮乏，食不得饱。每至下午三四点钟，即觉饥肠辘辘，不得不到村外山沟，捡些黑枣、红枣充饥。一日，同陈君外出，漫步至山上，山顶有一荒寺，庭生茂草，蝗虫飞跃其间，我与陈君各捉母蝗虫一大把，另捡枯树枝一堆，在台阶上架火烧之，得饱餐焉。幼读《水浒》，言浪子燕青，于不得食时，常到野外觅些虫蚁充饥，当时颇不知虫蚁为何物，又何以能入口。今始明白，所谓虫蚁，殆指此等物品耳。然此诗非由此回忆引起。年老多病，夜间梦多。梦中时现童年乡土景象。既写乡里旧闻若干则，今并及昆虫细物，以见童年印象之深，旅人思乡之切耳。

一九八一年一月二十八日记于幻华室

载《滹沱河畔》1981 年第 3 期

生 辰 自 述

余之初生，母亲失乳，
困处僻乡，无以为哺。
乃用蒸馍，发酵煮粥，
以之育儿，生命得续。
又患惊风，忽然抽搐，
母亲心忧，烧香问卜。
及余稍长，体弱多病，
语言短缺，有似怔忡。
智不足商，力不足农，
进校攻书，毕业高中。
旧日社会，势力争竞，
常患失业，每叹途穷。

初学为文，意在人生，
语言抒发，少年真情，
同情苦弱，心忿不平。
天地至大，历史悠长，

中华典籍，丰美优良。
孜孜以求，他顾不遑，
探寻遗绪，发射微芒。

战争年代，侧身行伍，
并非先觉，大势所趋。
无赫赫功，亦尝辛苦。
燕南塞北，雨雪冰霜，
屡遇危险，幸未死亡。
进城初期，正值壮年，
寄食报社，斗室一间。
政治斗争，改弦更张，
风雨所及，时在文场。
生性疏放，不习沉浮，
洋场红尘，心气不舒。
终于大病，休养海滨，
老母逝去，遗恨终身。

一九六六，忽遭大难，
腥风血雨，天昏地暗。
面目全非，人心大变，
如人鬼蜮，如对生蛮。
网罗所收，罪皆无辜，
发汗沾衣，奇耻大辱，
天地不仁，万物狗刍。
每念自杀，怯于流血，
迫害日深，犁庭扫穴。

幸遇清明，得庆重生，
垂垂已老，荣辱皆空。
性命修短，不在意中。

九死余生，亦有经验，
箪食瓢饮，青灯黄卷，
与世无争，与人无憾。
文士致命，青眼白眼，
闭门谢客，以减过衍。
贫富易均，人欲难填，
刻忮残忍，万恶之源。
人心惟危，善恶消长，
劝善惩恶，文化教养，
刑法修剪，道德土壤。
文学艺术，教化一端，
瞻望前景，有厚望焉。

跋

　　以余身体之素质及遭遇，延至今日，寿命可谓长矣。余素无养生之道，亦不信厚自供养可以保全身命延年益寿之说。中年以后，方知人生之险恶；高卑易处，乃见世态之炎凉。勇怯由于势，爱憎出于私。与人为善，不必望善报；谨小慎微，未必得坦途。同情怜悯，乃青年期赤心之表露，身陷不幸，不可希求于他人。要之，不以生活之变化自伤其心，丧其初志，动摇其大节。此志士仁人之所能，为可贵耳。

一九八一年五月九日，阴历四月初六
载《莲池》1981年第4期

海 葵 赋

东海有动物，名曰海葵花。
展瓣如秋菊，艳丽胜朝霞。
荡漾碧水中，美人着轻纱。
突然一收缩，阴森似毒蛇。
其体滑而腻，其味腥且臊。
颜色诱浮生，触之不能逃。
陷阱何足论，网罗不堪比。
世事多变态，无如此诡谲。
不堪陈几案，弃之不可惜。
还养我贞石，清空明月里。

此诗一九五八年作于青岛，原稿遗失，就记忆补充成篇。
一九八一年七月八日记

无 题

箕山倚杖待日出，老妪扶棹泛五湖；
只身病废轻一苇，不知何日见故庐。

此诗一九五九年作于无锡，忘其首句，今补足之。

一九八一年七月九日

吊彭加木

我和你素不相识
职业不同
你的失事
却引起我长久的怅惘悲痛

青年时期
我读过一篇散文
结尾的句子是
科学家死在实验室
渔夫在大海里悄然而逝

大地是我们的母亲
她对我们无比仁慈
但是，大自然在开发之前
也像一个处女
有时是令人恐怖和难以理解的
她腼腆而多疑

处在极端神秘和内心不安的状态里
她不知怎样保护自己的童贞
有时做出来的事非常违情悖理

带有盐碱的大风沙
把你吞噬了
空军和陆军
长期都找不到你的尸体

唐玄奘
也曾在沙漠里孤行
也曾为寻找一口水
遇到过种种灾难
幸而生还
带回他所渴望追求的真理

你是大地的
最忠诚无私和最勤勉的儿子
你为集体的生存去寻找水
而大地却把你掩埋在她的身下

国家在你失事的地方
建立了一个标志
你的后继者
将在你留下的脚印前
继续前进

那地方是很荒凉的

人迹全无

不知有没有一棵枯树

停站凭吊你的鹫鹰、野鹿

寒暑晨昏

它们将在那里徘徊、飞翔

在流沙之下

你的尸体不会消失糜烂

总有一天会被发现

人们将围绕着你唱赞美的歌

你是开发这一带土地的第一个功臣

你死后

还有流言蜚语的风沙

想掩盖你的英灵

造谣者失败了

他们的身价

不及一粒真正的沙土

我读过的那篇散文结尾说

一方面是庄严的工作

一方面是荒淫与无耻

人们为你唱的歌

将使风沙平静

天空澄澈

闪烁着繁星

其中最明亮的一颗
就是你彭加木

请你原谅
我近来常常有些迷信的思想
你为什么起了这样一个不很吉利的名字
你遭受过"四人帮"的缧绁吗
你的伙伴倒下了多少
随后
你又得了即将致命的痼疾

人们常说
生命是最可宝贵的
但生命是多么娇嫩
多么富于局限性
而又多么灾难重重
它可以死于水火
也可以死于干渴和严寒
甚至可以死于谣言、事变、意外和疏忽
但生命又是顽强的
它可以战胜一切袭来的威胁
而坚定和信心是它的后盾

科学家
你是研究自然界生命之奥秘的
你用自己生命的光
去照亮你所探索的领域

你的注意力
集中在根除生命的病害
而使生命永存

所以
我可以得到安慰
你的生命也是永恒的
你是一颗不灭的星

一九八一年十月二十一日夜
载《天津日报》1981 年 10 月 29 日

柳 絮 篇

春天来了
我拿上小镰刀
提着小篮
又到野地里去

和我结伴的
是邻居的一个小姑娘
她比我只小三个月
名字叫柳絮

今天很暖和
天上飘着一抹彩云
走着走着身上热了
我们把破棉袄脱了下来
放在小篮里面

我们先在麦地里

追逐野兔

然后又到刚刚耕过的土地上

去追逐飞蓬

风吹动野蓬棵

跑得很快

它像一只圆球

飞滚在大地上

从东北方

刮过来一个大旋风

它像拔地而起的一眼大黑井

顶天立地

旋起黄土和枯叶

向我们滚动

我们奔向它去

有些害怕也有些好奇

它里面有什么东西

谁在鼓动，谁在生气

"我进去看看好吗？"

"那会把你卷走的！"

"里面真的有一条直立的长蛇吗？"

"带上小镰吧！"

我迎风而上

钻了进去

旋风外表可怕
里面实在也没有什么
不过把我卷了一个跟斗
尘土灌满了耳朵

旋风飞卷着走了
我们对着它喊叫
它越来越小
渐渐消失了

我们开始挖菜
不久就挖了一小篮
我们很疲乏
回到一家场院的磨房里
玩起"姑当来客"的游戏
用野菜、瓦片、树枝
摆着筵席
磨房里很暖和
上下挂着蜘蛛网
充满牛马粪的味道
我们在一捆柴草上睡着了

每人做了一个很长的梦
包括人生的全过程
絮儿梦见纺线、织布、出嫁和生育
我梦见从事士农工商各种职业
干得都很起劲

生活和梦境并不相同
我离开了家乡
当了一名士兵
在两次长时期的战争里
我们都取得了胜利和成功

一九六六年
我被人为的旋风卷倒了
心灵受了重伤
我不愿惨死异乡
渴望身还故土

我倦游归来了
我的双亲早已去世
家园已经荒芜
投奔了一家远房的婶母

乡亲们都来看望我
叙述着阔别之情
有一位妇女沉默地进来了
带着两鬓白霜
一身风尘

婶母笑着问
"你还认识她吗？"
我说

"不认识了！"

"我认识你！"
妇女大声说道
婶母说
"你怎么会忘记
你小时的伙伴
她是柳絮！"

我很抱歉，赶紧解释
"如果不是在家里
而是在路上相遇
絮儿也不会认识我的！"

"路上相遇
我也认识你！"
柳絮并不相让
而且反唇相讥

我只好像背儿时念的书一样
叙述我们童年的事迹
她脸上的怒气
才算平息

朝有朝霞
晚有晚霞
絮儿的童年

曾经温柔得像一条春天的柳枝
秀丽得像一朵新开的花

这一切
几乎都在我的印象里消失了
只有她那厚厚的特别突出的嘴唇
才唤醒了我的记忆

一切美丽、真诚的东西
都在我心里沉落埋没了
请原谅我
原谅我吧
给我勇气
给我时间吧
我要再探索它
追求它

美和真诚
是永久存在的
是到处都有的
是不可能战胜的

一九八二年二月六日下午
载《天津日报》1982 年 2 月 18 日

一朵小花

我有一朵小花
它不是种在地上
也不是栽在盆里
它展现在我的眼前
生根在我的心里

从我出世那一天
它始终没有离开过我
无论我在沙漠里跋涉
在大海上漂流
在高山上攀登

它不属于诗书
不属于绘画
也不属于音乐

它若隐若现

若近若远

甚至若有若无地

陪伴着我的一生

经过严霜

经过烈日

经过狂风暴雨

从来不曾枯萎

它像醒来的梦境

飘过的彩云

远去的轻纱

那样渺茫

它总是隐隐约约地陪伴着我

只有当我不再想起它的时候

它才在我的眼前消失

一九六六年、六七年、六八年

它真的消失了

我无暇再想起它

我可能要死去

我不愿它陪着我走进地狱

它的消失

不会引起我的怨恨

它可能在祈祷

拯救我沉落的灵魂

果然

我重新想起了它

它又回来了

虽然它刚刚展现的时候

距离我很远很远

它很快、很快地靠近我

在我老眼昏花

感觉迟钝的时候

我看它看得更真切了

它是那样的风流妩媚

容光逼人

那样富于诱惑力

就像是新酿的香醪

新割的蜂蜜

少女的丰唇

诗人的新作

它使我顿然领悟

它并不属于我一个人

它是属于永恒

属于宇宙

属于全人类的

一朵小花

一九八二年二月二十五日晨起作

印　象

一九四四年的初夏
我在山西境内行军
路过山顶一个小村庄
在一棵大槐树的下面
留下了少女的印象

她穿着绿色的军装
裤脚挽了起来
袖子也挽了起来
在树的阴凉下
仰面朝天
睡得很香

她很疲乏了
汗水浸湿的军衣
渐渐被风吹干
她的黑发茂密

脸色黑红
她把两只手合拢来枕在头下
健壮的身体放得很平

时间已是中午
树影慢慢转移
太阳照射着她的胸部
呼吸非常匀称
山村也在炮火中暂时休息
街上没有一个人
连一个小孩子也没有
有几只母鸡
在她身边啄食谷粒

她睡在小道的中间
只有这个地方
稍微舒适平坦
我从她身旁绕过
向她注视
她是我见过的一位女演员

一九三八年冬季
在我的家乡冀中区
我看过她们的一次演出
她们是一二〇师的宣传队
刚刚来到敌人的后方

她早已经名扬敌后
她写的一支抒情歌曲
在她来到以前
已经在这里传开

现在我不能停步
因为没有休息的命令
也不能把她唤醒
她并不认识我这个观众

我们向前走去了
唱着她谱写的歌
从此就没有再见过她
她根本不知道我从她身边走过

这个印象是匆匆的、偶然的
但在我记忆中非常深刻
这记忆不是关于一个人的
还把那漫长的战斗路程包括

现在我们都衰老了
天各一方
她从来也不会想到我
但我不能把她遗忘
我到处搜求她撰写的回忆
我愿意知道她更多的事迹

昨天我看到她写的一篇散文

知道她在我的家乡战斗时

曾经跌落在结冰的滹沱河

冰下的河水滔滔

她破冰而出

穿着单衣

在冷风中前进

一个少女

在山顶的小村庄

在将近中午的时候

坦然地睡着了

这是战士的睡眠

既没有欢乐

也没有痛苦

那时的梦里

不会有名利

不会有高官厚禄

高楼大厦

高档商品

她在梦里追逐的是民族命运

也可能是个噩梦

正在和敌人搏斗

作为诗人

她的生活是这样积累起来的

作为歌手
她的感情是这样发扬起来的

现在
我的视觉听觉都已迟钝
对许多事物的印象淡薄了
花红柳绿，靡靡之音
都置若罔闻

我已经挂上拐杖
也不愿再去游山玩水
我爬过最高的山
水也涉过最深的
我爬过的山头、涉过的小河
不计其数
它们给我留下的不是风景
最难忘的战斗景象
她的睡眠
是其中最鲜明的一张

一九八二年九月二十四日晨

灵魂的拯救

现在，人们又记了起来
我，曾经对祖国的妇女
作过呕心沥血的歌唱

是的，对于她们
我曾经低声下气
卑躬屈膝
小心奉承
求得她们对我接近
以便把她们可爱的形象
特别是她们的崇高的心灵
写进我的诗的篇章

曾经有批评家
带着嘲笑的口吻说
他能够写出来的
不过是女人头上的珠翠

而且他这样做
不过是补偿他在爱情生活上的不足
是的，可能是这样
我在爱情上的收获
是最失败不过了
我直观看人
感情用事
没有远见
不明后果
我常常从爱情的阵地上
丢盔卸甲
大败而归
甚至没有了
重整旗鼓的勇气

然而
我对妇女们的崇敬之心
并未稍衰
我仍然注视着她们
追逐着她们
直到一九六六年
我跌入了地狱
佛教的地狱
但丁的地狱
都没有我跌进的地狱可怕
我遇到的鬼怪

都是人间的流氓、混混儿、小瘪三

那里面居然也有妇女
她们侮辱我，抄我的家
投掷砖瓦
在我身上吐唾沫
她们的脸型神态都变了
其中包括打扮得很俏丽的少女

我痛哭失声
我不只为党和国家悲痛
为自身悲痛
也为妇女悲痛
我以前的浪漫蒂克
还没有完全消失
面对吐唾沫的少女
我忽然想起了
"烂嚼红绒"的故事

但是，不堪回首了
妇女从我眼前消失了
我没有权利再看望她们
也没有机会再歌颂她们
我应该避开她们
低头认罪

然而，回避也不是那么容易

一个冬天的清早
我推着小土车
打扫院子
刚刚打扫干净
就听见敲锣打鼓
结队而来了"革命"群众

前面是一队妇女
她们胸前都挂着一面像章
她们都扭着忠字舞
唱着忠字歌
作为排子头
是我认识的一位大家闺秀
平日是非常斯文害羞的
现在却弄着这般丑态
我几乎想笑出来
赶紧转身推着土车走了
天啊，这就是中国妇女吗
这就是我讴歌过的妇女吗
拯救我吧
拯救我的灵魂吧

但是，在这般当儿
叫天叫地都不灵
人的命运
只能听命于一纸社论
听命于一个人的一句话

终于我又从地狱里
慢慢升到地面上来
我天真地认为可以和妇女们
问问安好,说说话儿了
还是不行
正反击右倾翻案风
阶级斗争不能放松

我沉默了
我绝望了
我什么也不再想了
我什么也不再写了
甚至,什么也不想再看了
不看月圆月缺
不看花开花谢
不看雪降雪消
不看浮云流水
我把门紧紧关了起来

忽然,一天下午
我正面壁参禅悟道
听到轻轻的叩门声
并听到一声娇嫩的呼叫

我开开门
面前是一位苗条俊丽的少女

"你找谁?"
"我找你。"
"我是牛鬼蛇神!"
少女微笑着
夺门而入

在小小的西窗下
她兀立不语
容光照人
芬芳四溢

渐渐
从我的心底
升起一股暖流
周转我的全身
我失去的记忆复活了
我失去的希望再现了
我对祖国
我对祖国的妇女
又有了信心
又有了亲近的感情

虽然
少女从此没有再来
我记得非常清晰
是这位善良的姑娘
才从绝望和危难中
拯救出我沉落了的灵魂

一九八三年一月十九日上午

载《羊城晚报》1983年3月12日

希　望

——七十自寿

七十岁
时间够长的了
我没有想到
我能活这样长久

我自幼多病
母亲说我是佛脚下的童子
终归还去
在同口教书时
一个同事断言我活不到四十岁

七十年
如果不是我不断掸扫
就是落到身上的灰尘
也能把我埋葬
何况有疾病
有饥寒

有枪弹

有迫害和中伤

有人只是为了

针眼大的一点私利

就无端图谋

别人的身家性命

但是我终于没有死

这并不是因为我勇敢

而是因为我怯懦

鲁迅说

死是需要勇气的

我不知道

我哪一天会死去

会在怎样的情况下死去

反正时间不会太长了

死亡究竟是一大悲剧

我回顾了一下

我的一生

我同时向前面瞻望

我的为人

也有所谓道乎

我总是放一个希望

在我的眼前

它可以是一只风筝
可以是一泓秋水
可以是不管什么山头上的
一片云
什么林苑里的一团雪
黄昏或是黎明
天边悬挂的一弯新月
它们都能给我一种希望

希望是梦幻
也无关紧要
我养不起也养不活
高贵的花
每年冬末春初
我在小水盆里
养一株大白菜的花
花是黄色的
近似一个梦
种在水盆里的白菜花
不能结子
紧接着
我又种上原始的牵牛花
它的花朵很小，颜色淡紫
像一缕青烟
像就凝结的晨雾
这当然又是一个梦

我从记事起

每天夜里都要做梦

七十年的梦都忘记了

所有的梦都忘记了

惟有希望的梦都在我的前面

我结识了一个少女

即使少女不对我笑

我每天晨起

等候她从家门走出来

注视她的身影

我摊开一本新书

我修整一册破旧的书

我的心升华了

我的灵魂变得

纯洁而明净

有一位死去的朋友

曾经对我说

人之所以不够理想

就是因为不读书

我读所有的书

圣贤传道的书

星象占卜的书

农耕授时的书

牛羊牧畜的书

但我不愿再读

大言欺人

妖言惑众的书

希望总是在我的前面

希望牵引着我的灵魂向上

想我最终闭上双眼

希望也不会消失

一九八三年四月六日晨

甲　虫

夜起，地板上有一黑甲虫，优游不去，灯下视之，忽有诗意。

一九八三年六月二十三日记

深夜醒来见一甲虫
体黑而大无息无声

它的行进不是跳跃
而是爬行去而复返
止止行行

在古老黝黑的地板上
在暗淡的灯光里
它神秘地出现
又神秘地消失
我见过的甲虫可算多了
却叫不出它的名字

我居此屋数十寒暑
虫之出现使我踟蹰

前经地震老屋动摇
狐鼠为灾夜眠不牢

虫之出现我感不祥
茫然四顾中心怏怏

人移则生树移则死
抱残守缺何时为止

贾谊生悲鹏鸟入室
文人自困古今同此

城南新楼既高且敞
可望郊原空气清爽
我当谋求定居颐养

载《羊城晚报》1990年5月4日，署名芸斋

窗　口

西南方向有一座楼房
我家的房门，正对
它的后窗
我刚来时
就见一个中年妇女
在窗口伫立观望

这位妇女
身材高大
颜面瘦黄
声音沙哑
却很高亢

她的丈夫
听说是一个资本家
患着高血压
坐在平台上

终日不说话
不久就死去了

我们的锅炉房
新建立了一个高烟囱
她以为不祥
在窗上挂起一面八卦镜

正赶上我也得了病
母亲迷信
曾想叫孙儿用弹弓
给她打碎
被我的爱人制止
没有实行

她有三个女儿
一年又一年
一个接一个
都长大成人
花枝招展
陆续出了嫁

她渐渐衰老
还是每天上街买菜
常常和我的爱人见面
她说她有一个男孩子
爱好文学

★孙犁诗歌剧本选

很想和我谈谈

从春天到秋天
她家的窗户总是敞开的
她一闲下来
就在窗口站立
我们的庭院
她可以一览无余

我们的庭院
在国民党统治时期
是一个财阀的别墅
在日本人统治时期
是侵略者的特务机关
花木繁盛
有假山还有小河

十年动乱
这座庭院
变成了"修"字大院
又称大观园
抄家的进进出出
穿纸袍戴高帽的
过来过去
新的主人
有的自杀了
有的被迁往他处

她都看到了
她的儿子
也不再找我谈文学

大观园非同昔比
报社一位记者说
这里是
蛛丝儿结满了栋梁的
每日
南市的顽童成千上万
在院里闹"革命"
所有可以破坏的都破坏了
所有可以拿走的都拿走了

天灾人祸
不久又来了一次地震
人们争着盖"临建"
从此
假山也没有了
小河也填平了
林木砍伐光了,花草践踏烂了
有人大发地震之财
木料砖瓦
成了必争之物

她家的楼房
也难逃劫数

整个倒塌了
她不能再居高临下
把这些景象
尽收眼底

但是,无论如何
她是这座庭院的
最有权威的见证人
她也是我们一家人的见证

她确切地知道
我的母亲的逝世
我的爱人的死亡
我的九死余生
苟延残喘
震房修好以后
她搬了回来
她又站在窗口
俯视这座庭院
她越发衰老了
神情非常惨怛

冬季
她照例把窗户关闭
到了春天
她再也没有出现
我的孩子在市上买菜

遇到她的当了售货员的儿子
说她"过去"了

夏天的夜晚，闷热得很
我又在房门前乘凉
忽然看见她家的窗口
站着一个女人
身材、声音
都和她一模一样
她没有死吗
我半信半疑
不寒而栗

我转身进屋去
对我的孩子说
我眼里不好
你快去看看
是谁在那家窗口站立

孩子看了回来说
那是她家的大女儿来了
老女人已经死去
不是早就告诉过你

是的
三十多年以前
我紧跟进攻的炮火

怀着胜利的心情
进入这座城市

在这里，我夙兴夜寐
曾经有所追求
有所感奋
有所作为

我终于病了
从此，像入蛰的昆虫一样
困守方寸之地
坐井观天
长年和这位老妇人
隔楼相望
又互不相干

她是这座城市的老市民
她是这座庭院的老邻居
她见到了庭院的几代主人
见到了他们的不同样式的成败兴衰

现在，她确实死去了
庭院虽然堆满瓦砾，布满垃圾
它仍然活着
它沉默地活着，坚忍地活着
充满希望地活着
充满信心地活着

庭院的命运
永远不会完结
它会长起新的林木
盖起新的房屋

一九八三年十一月三日

老 树

一棵老树
长在沙丘上
它枝干弯曲
树叶稀少
丑陋不堪

它童心不死
在近于枯朽的老干上
又长出一枝新条
显得比幼树还青翠

但究竟今非昔比
它经受的风雨太多
周围又没有屏障
严寒酷暑
首当其冲
它的根如果扎得不深

它早已被吹倒枯死

在它上面栖息的
只有老鹰和猫头鹰
这些鸟类的鸣声
并不悦耳
它们占据它的枝头
不过是为了观察猎物

它周围没有花红柳绿
一片荒凉
它寂寞地生活着
并来不及叹息

有一天清晨
忽然飞来了一只小鸟
它通体嫩黄
鸣声婉转
老树如接天使
惊喜得浑身颤动

它默默地祷告
小鸟多在它身上停留一段时间
它愿为小鸟效劳致敬
然而小鸟略停了一刻
就起翅飞走了

又有一天

它发现在它的脚下

长出一朵小花

色彩鲜丽

如朱如丹

老树又惊喜万状

俯身相就

但它骨老筋衰

手脚不灵

它又为小花祷告

愿雨雾施在沙丘上

延续小花的生命

然而沙丘过于灼热

小花没有开满就枯萎了

老树开始了叹息

它如此命薄

它不再幻想

不再盼望

它也不再自作多情

它要聚精会神

一如既往

有始有终

完成自己平凡的生命

一九八四年六月二十三日晚

作 家 之 死

在大庭广众之下
一个造反派
站在作家的面前
厉声说
"你是修正主义!"

"我不是。"
作家用低微的声音回答
造反派当胸一拳
作家应声倒地
折断三根肋条
终于死去

作家在一年以前
还属于人民
曾为民请命
被誉为敢说真话

造反派扬长走去
活像一个英雄
他的行为
被看作革命行动

所有的人
都在骂作家
所有的期刊
都有文章批判他

又一个造反派
从作家的手腕上
掳走一只表
他以为作家有钱
表一定也值钱

其实那是一只又老又破的表
阴错阳差，走得很不准
美国小说中
叫作 MaktonWatch

过了若干年
作家被恢复了名誉
比生前还要荣耀
成了语言大师
所有的人

都在称赞他
研究他的人
被称作专家

国家颁布了法律
保障作家的权益
过去的事儿
谁也不再提起

两个造反派
却没有忘记
他们现在看到
作家这玩意儿
就是值钱
简直是一本万利

他们鼓励儿女
买一部作家文集
学习学习
投考大学中文系
作家并不曾
修正历史
是历史不断地
修正自己

一九八六年一月十五日抄

载《诗刊》1986年第5期，署名老荒

童　年

她没有忘记
褴褛的童年
饥饿的童年
艰辛的童年
没有忘记
她移植到
她家那小小园田里的
一棵小桃树

那是一棵野生的毛桃
不知谁随便抛弃的一颗种子
雨后出来了
不管她怎样耐心养护
只能开很少的花
结下带有苦味的果

每天清早

她跟在父亲的身后
走到园田里去
父亲背着辘轳架
她提着绳子和水斗

父亲脱去上衣
一斗一斗地往上绞水
汗水滴到井里
畦里的水也就满了

父亲累了
要抽一袋烟
在她的记忆里
父亲没有笑脸
只会抽烟

她过去接辘轳
身小力单
一袋烟没抽完
畦里就干

"这活儿不能停！"
父亲站起来
她红涨着脸
退到一边
天晚了
父女收起辘轳

回转家去
她提着水斗和绳子
跟在父亲的后面

在路上
她还要捡些柴草
有一天
她捡到一个
烟袋嘴儿
心里很高兴
回去送给父亲用

一进院子
父亲又要打火抽烟
一摸，烟袋嘴儿不见了
更加愁眉苦脸
女儿拾到了他失落的东西
脸上才有了一丝笑容

过去的一切
都成了梦境
父亲去世了
桃树已经枯死
园田不在
也没人再用辘轳绞水

当时的小路

当时的行人
当时的夕阳
当时的饥肠辘辘
已经都不存在

  一九八六年五月二十四日下午
  载《啄木鸟》1986年第6期

天　使

姑娘
请你原谅
我实在不能安慰你
也不能解答你提出的问题
因为，我也是满身创伤
甚至不能安慰和抚摸自己

除去身体的创伤
我还有心灵的创伤
这是最难治愈的
需要的是理智和解脱

你不过是爱情的失败者
爱情的失败
只是人生失败的一小部分
甚至是暂时的一小部分

男人在爱情上的失败
常常失败在爱情的本身
而女人在爱情上的失败
常常失败在爱情的背景

爱情的背景破灭了
因此使你十分痛苦
而在几个月以前
背景还是那样辉煌

我曾经在爱情上失败多次
即至晚年
也难说得到过真正的爱情
我是这个战场上的一员逃兵
身后是一片风声鹤唳

在爱情面前
最容易丧失理智
不明是非
甚至颠倒黑白
这是情欲之过
本来值不得惋惜

值得惋惜的是
人们竟不能轻易把它忘记
有时会陷入
痛苦的深渊

带着青春的火力

我正面冲入人生

人生是一团更大的迷雾

为了拨开这团迷雾

我曾求助于孔孟

求助于西欧的文学家和哲学

雕塑和绘画

我也曾奔赴疆场

参加革命

经历劫难

九死余生

最后成为我心中天使的

就是姑娘你

你是当前美和善的化身

我生活中的阳光雨露

我们同住在这个大破院

已经十年

你是瓦砾中的碧玉

荆棘丛中的花朵

恶声中的美声

朝朝暮暮

我在思念着你

注视着你
希望你的青春的光辉
能完善我的余年

你要去结婚了
我没有任何伤感
现在
天使也在流泪
向我倾诉人生的不幸
这就使我感到莫大的悲哀

一九八六年

无 题

一生多颠沛，
忧患无已时。
沉迷雕虫技，
至老意迟迟。
实是无能为，
藉此谋衣食。
大难竟不死，
上天赐耄耋。

一九九〇年九月二日致韩映山信附录

无 题

不自修饰不自哀,
不信人间有蓬莱。
冷暖阴晴随日过,
此生只待化尘埃。

一九九一年一月二十三日致鲁承宗信附录

读《长城》某期小说

小说爱看贾大山,
平淡之中有奇观。
可惜作品发表少,
一年只见五六篇。

一九九二年十月十二日致徐光耀信附录

题赠娄向丽

八年征战成陈迹，
故人音容已渺茫。
只有白发存记忆，
太行山顶衰草霜。

一九九三年二月十八日致韩映山信附录

题赠荆小珍

保定风光好,
抱阳一亩泉,
莲池多古迹,
少年曾流连,
至今不能忘,
秀水白衣庵,
往事已成梦,
故人散如烟。

一九九三年二月十八日致韩映山信附录

"七七"画十景

割完麦子打完场
夜晚街前来乘凉
村东头锣鼓响叮当
从那边走来一个卖唱郎

安好鼓儿放好了锣
尊一声列位乡亲细听我来说
今天本是个大节日
我奉送列位一个七七纪念歌

七月七日银河清
晋察冀边区有个巧画工
画工名叫白秀英
有一卷画儿出大名

白秀英是个小学生
聪明伶俐是天生

画就边区十样景
我一张一张说个清

第一张画的是八路军
神出鬼没调动大军
粉碎敌人一切"扫荡"
成千成万歼灭敌人

第二张画的是边区子弟兵
子弟兵是青年的八路军
保卫家乡保卫祖国
子弟兵的任务
神圣又光荣

第三张画的是边区青年
青年小伙子赶上火线
成连成营参加子弟兵
历史上的美名万万年

第四张画的是边区妇女
妇女勇敢真无敌
剪短头发放大足
不拖尾巴不哭啼

第五张画的是边区儿童
边区儿童小英雄
父是英雄儿好汉

站岗送信参加春耕

第六张画的是去年夏天
无情大水把田地淹
边区人民团结紧
互相救济渡过难关

第七张画的是无耻鬼子兵
去年冬季来进攻
粮食抢走，房屋烧掉
我们时时要提高警觉性

第八张画的是整滩又开荒
多年的荒地今年能种粮
边区人民力量多伟大
战胜老天名儿扬

第九张画的是一个坏蛋
投降顽军阴谋捣乱
暗藏在边区
挑拨离间

第十张画是的
促进宪政
这一张画儿
画得更精

中国抗战离不了民众

百姓没权理儿说不通

民主实现胜利有保证

投降危机才能肃清

十张画儿说个清

老少男女喜盈盈

七月七日纪念抗战

促进宪政不放松

——"七七"三周年纪念

载《抗敌报》1940年7月7日

民兵参战平汉线（鼓词）

说的是，八月九月大秋天，
庄稼全拉到了场里边。
这天下午，李金山正在把场转，
老婆纺线也不肯闲。
李金山挥动鞭子呐着喊，
只嫌小牛走得慢，
黑豆秸子轧了三遍，
"你还不过来把场翻？"
老婆子听说忙站起，
三股杈子拿在手里边。
她刚刚挑起了黑豆要翻过，
民兵队长陈福来到跟前，
老陈跑得满头大汗，
连声叫着李金山。
金山问道："什么事？"
陈福说："区里的命令你是听言，
蒋介石进占张家口，

和平希望叫他破坏完。
平汉线，我军英雄大出动，
打不死老蒋不算完，
全体民兵要去助战，
你赶紧收拾收拾就到我那边。"
金山听说："是是是！"
把鞭子一扔就到屋里边，
他先把大枪肩上挂，
手榴弹就往腰里缠，
挂包里装上三个糜子面饼，
一把板镐手里端。
连跑带窜出门去，
老婆子喊叫在后边，
老婆子说："轧完场再去也不晚，
哪里一时就会全。
这么一大场豆子我哪里起得动，
鸡毛子火性尽闹着玩。"
金山说："军令下来如山倒，
哪里能随便耽误时间。
打场要紧还是打仗要紧？
你白当了妇救会员。"
老婆一听没有了话，
赶紧拾起缰绳举起鞭，
丈夫打仗她要生产，
偏劳受累理所当然。
她满脸赔笑开口道：
"有什么胜利消息告诉咱。"

丈夫说："我这一去胜利消息少不了，
到晚上自有那广播电台上来宣传。"
迈开大步出门去，
全村的民兵一时到全。

这队人马，奔着西北跑下去，
广大的平原上起了狼烟。
风吹草动柳枝摇摆，
两旁高粱茬子削得尖，好像刀山。
嫩黄的麦苗阳光映照，
红的绿的大麻子叫人喜欢。
一路的风景没心看，
你一言我一句乱发言。
这个说："蒋介石这小子最不要脸，
这一回我下了决心要教训他一番。"
那个说："这小子翻来覆去没有信用，
他拿着'停战'骗着我们玩。"
那个说："这一回，他们犯到了我的手，
就是叫亲爹亲爷也不沾。"
这队人马，全是冀中的好子弟，
他们在家乡土地上战斗了八年。
他们全不过二十上下，
一色的服装，一样的心田。
每人是白布小褂，紫花单裤，
黑色棉袍捆在肩。
肩上的武器各式各样，
老毛瑟、水连珠、湖北造、三八大盖、托盒、撅枪，还有一支冲锋机关。
一个人有六个手榴弹，
各样的爆炸，装在筐子里边。

一色的白毛巾头上扎，
一个个脸上透露着笑颜。
这个想：这一次到了那战场之上，
冲锋陷阵我要占先，
我虽是民兵也要前线作战，
可不要叫我跟在屁股后边。
那个想：这次到了前方，打了胜仗，
别的东西我不喜欢，
钢笔、手表我不要，
夺一支好盒子新鲜新鲜。
李金山不想别的事，
他心里早就打好一个算盘，
这一次到了战场之上，
他要活捉几个顽军报报仇冤。
他要把他们拴成一串，
像遛马一样牵在街上玩一玩。

且不说这些年轻战士心中所想，
不多时，来到了目的地的村庄外边，
他们在一家院子里掩蔽好，
队长陈福去找首脑机关。

他找到了破交部队宋司令，

报告他的人马已到齐全，
宋司令详细介绍了战争情况，
把民兵的任务也说了一番。
命令他们配合某团去战斗，
陈福回队上说个周全。

民兵们在院里用过饭，
火红的太阳要钻山，
血红的太阳照着大地，
平汉路两旁的气色鲜，
绿色的花生黄色的小麦，
一片片金光铺过上边，

二十万民兵如潮水，
倾山倒海气势威严，
二十万民兵奔赴前线，
震动了大地也震动了天。
平汉路在他们手里成了俘虏，
好似条小小的毒蛇，不能动弹，
二十万板镐向着它身上砍，
每个人咬牙切齿吐仇冤，
他们是斩断着蒋介石的两条狗腿，
他们是割裂着老蒋心肝：
"我叫你再敢把边区犯，
我叫你再敢运兵进攻张垣，
我叫你再敢狼心狗肺说瞎话，
我叫你再组织什么还乡团！"

二十万把板镐，四十万只手，
这个力量能推倒山。
等时间，
一条铁路破坏完。
这一次破坏得多么彻底，
路基扫成一个平川，
铁轨枕木成了碎骨架，
还有那些电线杆。
这些东西全运走，
兵民运送不拾闲。

一弯新月高高升起，
它看着大地展开笑颜。
一阵大风西北吹过，
震耳的爆炸翻了天，
那是黄色火药发威力，
西河铁桥把身翻。
再没有隆隆的火车从它身上过，
再不会整天价闻着那股子煤烟，
它倒在河里洗了澡，
粉身碎骨它也好像心甘。

不说铁桥炸了个碎，
保定的顽军来增援。
七辆铁甲蠢蠢出动，
探照灯惊惊战战四下里忽闪。

走一步来退一步,
走走捎捎像老牛过关。
头号的地雷车底下响,
铁甲车蹲在那里不能动弹,
探照灯傻睁着两只大眼,
一瞄准,两枪把它射过穿。
我们的部队冲上去,
手榴弹不偏不正扔在车厢里边。
里面的敌人齐号叫,
连把同志爷叫了好几番:
"饶命吧来饶命吧,
我愿意缴枪投降你们那边。
并非是我们存心愿意打仗,
全都是短命的老蒋逼的咱。
要是没有那该死的伪军长,
我投奔你们还要早几天。"
说着,起仰噗哧往下扔,
全都是大枪、子弹、轻重机关。

不说这里缴了械,
再说说,南北各线全打得欢,
南边北边炮声响,
喊话的声音搅在里边,
一个个炮楼接连下,
顽固的,大炮瞄准把它的王八窝掀翻,
掀了盖的王八更不好受,
也还得爬了过来投降咱。

一夜之间多大的胜利,
二百五十里铁路破坏完,
我们攻下了徐水、定兴、望都,三个火车站,
毙俘的敌人七八千

这一夜的胜利慢慢统计,
咱再把民兵李金山表一番,
李金山这一夜之间没松劲,
脚不闲来手不闲,
他破坏了铁路就随从作战,
他可真是过了年,
一辈子要说什么顶过瘾,
再没比战场的大胜叫人喜欢。

这时候,估量着天气已经不早,
三星已经落到西边,
再过一会天就亮,
敌人的据点早已拿完,
眼看着就要没事干,
李金山心里不很舒坦。
忽然间,北边传过了一个消息,
说是有几个顽军逃向了东南,
李金山拔脚就往东南上赶,
一片大洼在眼前,
隐隐约约几个黑影,
李金山连声叫喊:"狗奸顽,

缴枪投降没有事！"
说话手榴弹就扔在前边，
吓的顽军齐跪倒，
连声叫："大爷饶命不要杀咱。"
李金山命令："举起手！"
五个顽军手心向着天，
李金山机警地绕到他们身后，
几支大枪抄在手间，
大枪全背在肩头之上，
一根麻绳把顽军拴，
他在后面哒哒哦哦把他们赶，
好像有人耕地在夜里边。
回到车站天已大亮，
人们看见笑得欢，
全说李金山有办法，
这时候，走过野战军的指导员，
他向着李金山叫声："同志，
对待俘虏不是这般。
你俘敌缴枪应该称赞，
不该拿着他们耍笑着玩。"
李金山想：你说的大道理，我接受不了，
我和他们有仇冤。
他们杀了我的亲兄弟，
还乡队还把我打了一砖。
指导员说："这些事情以后再讨论，
有一个任务你做周全，
这几副担架护送到你村里去，

有几件血衣带去交给妇救会员。"
李金山领了命令去完成任务，
拣一支三八大枪背在肩，
五副担架放在那里，
其中有四个是我们的伤病员，
老乡们围在一边小心看护，
轻轻地抬起，慢慢地落肩。
有一副担架走得特别快，
不管坑坑洼洼往前钻，
担架上的伤员连声喊痛：
"好老乡你们慢着点。"
李金山一听心好恼，
骂一声抬担架的老乡莫非是汉奸。
老乡说："这个担架还不算快，
你没见新媳妇坐轿比这个还颠。
他躺在上面还不知足，
我们抬他有多么冤。"
李金山不明白是怎么回事，
老乡告诉他担架上那是一个老顽。

李金山听说心中好乐，
指导员的话儿又涌上心间，
他害怕回头要受教育，
拿一个瞎话去转圆。
李金山说："老乡老乡不要乱跑，
他也是我们的伤病员，
你不要看他穿着黄色军裤，

那是因为黑夜之间看不见，一时错穿。"
老乡听见说："不信，
好人赖人瞒不过咱。"

说话之间来到了村庄外，
迎面来了慰劳团。
大桶的猪肉熬白菜，
油盐大饼上担担，
又是鸭梨、又是鸡蛋，
人人脸上露着喜欢。
看见了李金山连声让，
李金山拿了一张卷了个圆，
一边吃着一边走，
一时来到村里边，
全村的老百姓像过大事，
男男女女手不闲，
李金山把伤员安排好，
带着血衣去找洗衣团。

洗衣团就在村边大场上，
大杨树上把绳子拴，
早晨的太阳上边照，
又是军衣、又是被单，飘飘荡荡就要干。

大场中间有一眼井，
打水队就在井边站，担水队水送到盆里边。
洗衣队怀抱大盆搓得有劲，

洗一会儿，涮一会儿，洗涮上四个过才算完，
妇救会里真有组织，
李金山的老婆也在中间。
李金山一见心欢喜，
连把洗衣团长称赞一番。
团长说："同志们战场上去打仗，
出汗流血衣被单，
我们要洗得干净、絮得厚，
好叫他们穿着盖着全舒坦。"
李金山把几件血衣交给她洗，
她接了过来仔细看，
眼里的热泪收不住，
可恨的顽军骂连天：
"这全是我们同志流的血，
哪一位同志拿去洗好快晒干。"
说话之间跑来好几个，
你抢我夺起争端。
这个说："你好干净，我去洗吧。"
那个说："你说这话就不沾，
什么比同志的鲜血还宝贵，
我怎么嫌它肮脏不拿手沾。
同志为我们流了血，
我一辈子也不能报答完，
赶紧给我拿去洗，
不要这么耽误时间。"
李金山一见受感动，
赶紧又往前线上翻。

一路走着一路唱,
雄壮的歌声响在田间。
他唱道:"冀中揭起了人民大战,
不打败老蒋不算完。"

一九四六年十月

载《冀中导报》1946年10月20日,署名土豹

顿 足（独幕剧）

人　物　日本中学生田福等三人。
　　　　朝鲜女生朴奇玉，男生朴准眯——十六岁，奇玉弟。
　　　　日警一人。
时　间　秋季的一天下午。
布　景　太阳将落，路上行人稀少，开幕时朴奇玉穿朴素的衣装，朴准眯提着书包跟在后面，二人慢慢地走着；准眯的表情烦闷，奇玉的表情潇洒。

朴奇玉　准眯！我看你今天又不高兴，校中有人欺侮你吗？
朴准眯　唉！没有，姊姊，我是轻易不惹他们的。
朴奇玉　究竟为了什么这样不高兴？
朴准眯　因为……
朴奇玉　（停步）为什么？
朴准眯　（四顾）现在行人稀少，我可以对你说，略略减去些烦恼。
朴奇玉　（点头）好吧！
朴准眯　我自从入了学校，心中便起了许多疑问，日本人和我们显然不是同一民族，但是为什么强迫我们去学日文，去

读日本历史？我们自己没有文字和历史吗？最可恨的就是每当我们的国耻日，他偏要我们去参加他们那国庆的圣典！（兴奋）

朴奇玉　低声！小心路警。

朴准睐　每逢我对母亲提到退学的事，她老人家总是说小孩子不应当浮躁。实在说起来，我受这种亡国的教育，真是违心得很！

朴奇玉　我以为我们年轻的人，还是忍气吞声的多求些学问才好。

朴准睐　求学问？固然哪！但是我们这国破家亡的人，与其受这种亡国的教育，就不如拼着一腔热血去！……

朴奇玉　（急摇手）不要说！后面有人来了。（准睐低下头去，田福等上。）

田　福　今天闷得很，可恨那些韩国小鬼们，见了我们就躲，好像我们要吃他似的。

甲　前面有两个，最好我们前去打趣他们一回。

乙　好！发泄发泄我们胸中的闷气。

田　福　你们看！还有一个少女，哈哈！（三人急走，距准睐丈余停。）

乙　原来是她！

甲　你认得吗？

乙　我和她弟弟同学——跟着她的就是。她每天是和她弟弟一同回家的。

田　福　脸儿长得怎样？后面倒有几分美丽。

乙　真所谓尽善尽美，（高声）最妙的就是她那一双大眼，凝眸时好像黑海，流动处却似飞星，管叫你一见魂销！

甲　你倒会形容，哈哈！

（奇玉的脸时红时白；准睐脸色苍白，全身颤动，不能再忍，将书包掷在地下。）

朴准睐　（颤声）她是我的姊姊……

乙　　　啊！你还想给她保镖吗？
朴准睐　（大怒）倭奴！你们太侮辱我了。
三人齐声　谁是倭奴？非打死你这亡国奴不可。
　　　　（三人扭住准睐，拳掌相加，准睐无力抵抗。奇玉已经呆若木鸡，这时见准睐被推倒地下，她神经稍清醒。）
朴奇玉　（高声微颤）警察！警察……
日　警　（徐徐上，向奇玉）什么事？
朴奇玉　（怒）你看不见吗？打死……人……
日　警　原来是这么回事，（向田福）你们三位不要打啦，为什么起了冲突？
　　　　（田福等站立一旁，怒视倒在地下的准睐。）
甲　　　他骂我们是倭奴，你说可杀不可杀？（说完踢准睐一脚，准睐不语。）
朴奇玉　（向日警）他们将我弟弟打成这个样子，请你将他们带起。
日　警　什么？你倒会说！要不看他（指准睐）年轻，你的样子可怜，非将他监禁半年不可。
田　福　对啦！要不看你的面子，非打死他不可。
乙　　　天不早啦！闷气也消啦，走吧！
日　警　走吧！没有你们的事。这一点小事，也值得大惊小怪。
田　福　哈哈！（斜视奇玉）真是个可人儿！
　　　　（三人跳跃下，日警亦下。）
朴奇玉　（拭泪）准睐……（扶准睐，他勉强站起，神色愤恨。）
朴准睐　（惨笑）为什么哭泣？
朴奇玉　我们无端受他们的侮辱……不讲理……
朴准睐　不要哭吧！你要知道，我们全国的人，没有一天，没有一个，不叫他们侮辱着。我们能天天去作无谓的哭泣吗？不要哭吧！亡国的人，这种侮辱是我们甘心忍受的吗？（顿足）

啊唷！痛死……（倒下面色苍白）

朴奇玉 （大惊）弟……你的腿受……了伤……吗？

（幕下）

十九，十一，一。

载《育德月刊》第 3 卷第 1 期（1931 年），署名孙树勋

莲 花 淀

人　物

三　木　　日本队长
贾　威　　伪军队长
贾　六　　伪军
曹莲花　　抗日区长
曹小莲　　儿童团长
何大藕　　村妇救会主任
白老淀　　抗属
区小队若干人
儿童团若干人
群众若干人
日伪军若干人

第 一 场

三　木　（上，数快板）出国作战，很多困难。
　　　　　　　　　　情况不明，瞎子一般。
　　　　　　　　　　依靠汉奸，就要花钱。
　　　　　　　　　　花钱不算，回头就窜。
　　　　　　　　　　丢下太君，他也不管。
　　　　　　　　　　道路不熟，苍蝇乱转。
　　　　　　　　　　要水没水，要饭没饭。
　　　　　　　　　　脚下地雷，头上炸弹。
　　　　　　　　　　东亚圣战，拉长战线。
　　　　　　　　　　小小三岛，无力支援。
　　　　　　　　　　天皇决策，以战养战。
　　　　　　　　　　配合山区，"扫荡"水淀。
　　　　　　　　　　三光政策，即刻下传。
　　　　　　　　　　三光政策，即刻下传。
　　　　　　　　　　请贾队长！

　　　　　　　　　（伪军队长上）

三　木　（唱）我命你带队伍出发"扫荡"，
　　　　　　　皇军的政策是到处三光。
　　　　　　　进村后先要把粮食来抢，
　　　　　　　看地形筑碉堡确保村庄。
　　　　　　　要做到碉堡成林公路像蛛网，
　　　　　　　叫那些游击队不能活动，无处把身藏。
　　　　　　　捉拿那曹莲花可以悬重赏，
　　　　　　　成功后我将你奏报天皇。

贾　威　（唱）皇太君不必要仔细叮咛，
　　　　　　　我与那曹莲花水火不相容。
　　　　　　　共产党到华北领导农民运动，
　　　　　　　她父母组织全村贫雇农向我斗争。
　　　　　　　我在家名声大险些命送，
　　　　　　　幸亏皇军到，我才能有投靠，另觅新前程。
　　　　　　　我先叫贾六儿进村扫听，
　　　　　　　侦察到区小队最近行踪。
　　　　　　　捉住了曹莲花是她的报应，
　　　　　　　烧杀抢拿手戏我绝不留情，
　　　　　　　皇太君可放宽心在据点坐等，
　　　　　　　不成功我誓不回安新县城。

第 二 场

曹莲花　（内唱）县委会领任务急往回赶，
　　　　（上，唱）乘小舟遇顺风似箭离弦。
　　　　　　　穿芦塘过苇丛又来到莲花淀，
　　　　　　　心情激动就好比这波滚浪翻。
　　　　　　　穷日寇竟又敢把我区来犯，
　　　　　　　纠集的不过是死烂汉奸。
　　　　　　　民族战已到了相持阶段，
　　　　　　　黎明前还要有相当困难。
　　　　　　　我军民团结紧冲破黑暗，
　　　　　　　在水淀打敌人把边区支援。
　　　　　　　对敌情要作出正确判断，
　　　　　　　侵略者已经是日落西山。

我不能单纯的军事观点,
回村庄把群众紧急动员。
工作中一定把政策体现,
把青春奉献给这大好河山。
转过了菱角湾抬头观看,
堡垒户屋上升起炊烟。
我和妇救会主任何大藕约定:没有紧急敌情,屋顶上炊烟不断,我即刻缆船上岸,悄悄进村。

（小莲持红缨枪上）

小　莲　通行证!

曹莲花　啊,小莲。

小　莲　我在苇垛后面隐蔽,区长就没看见我,警惕性不高啊。我娘正在家里盼望,区长快家去,我继续在这里放哨。

曹莲花　小莲!（唱）

这几天情况很紧张,

注意生人到村庄,

仔细盘问莫放过,

手中紧握红缨枪。（下）

小　莲　区长放心。（唱儿歌,舞红缨枪）

我是一个儿童团,

抗日救国保家园,

毛主席教导持久战,

我们正战斗在黎明之前。

我站岗,我放哨,

有了敌情就报告。

我聪明,我勇敢,

水上陆上不怕风险。（隐蔽）

贾　六　（上，唱）为人不要当伪军，
　　　　　　　　　每天侍候外国人。
　　　　　　　　　当汉奸最可怜，
　　　　　　　　　每月为的几块钱，
　　　　　　　　　几块钱是准备票，
　　　　　　　　　一出县城就不要。
　　　　　　　　　主要是名声不好听，
　　　　　　　　　亲戚朋友都"膈应"。
　　　　　　　　　回家更是不好看，
　　　　　　　　　老婆孩子不待见。
　　　　　　　　　当汉奸如同做噩梦，
　　　　　　　　　遇见八路就要送命。
　　　　　　　　　死后留下臭名声，
　　　　　　　　　历史问题弄不清。
　　　　　　　　　这些全不去管它，
　　　　　　　　　脚下留神别把地雷碰。

小　莲　（持戏缨枪突上）通行证！

贾　六　（惊）我也不是坏人，我是八路军的通讯员！

小　莲　你是抗日的？你是打日本的？你给我讲讲抗日的好处，说说当汉奸的坏处！

贾　六　你是儿童团，我向你敬礼，向你学习，你是小先生，你先给我讲讲。

小　莲　好！（数快板）
　　　　　小日本，最可恨，
　　　　　躲在据点里瞎胡混。
　　　　　一出来，就杀人，
　　　　　可是就怕八路军。

　　　　　　见八路，他就跑。

　　　　　　只恨生得腿太少。

　　　　　　见百姓，他就欺，

　　　　　　又抢粮食又抢衣。

　　　　　　对情况，不熟悉，

　　　　　　汉奸是他的领路的。

　　　　　　狗汉奸，更脓包，

　　　　　　听见枪声就猫腰。

贾　　六　给你糖吃。

小　　莲　我忌口，不吃糖，回去孝敬你亲娘。

贾　　六　你敢出口伤人，我是据点里的皇协军。

小　　莲　村里可有八路军。

贾　　六　啊？（向后转）

小　　莲　我哄你玩儿哩！（高声）我回家吃饭去了。（隐蔽）

　　　　　（贾六踟蹰进村）

第 三 场

何大藕　（唱）忽听小莲喊一声，

　　　　　　村外一定有敌情。

　　　　　　假装碾苇看动静，

　　　　　　走来的像是白脖兵。

贾　　六　主任，你还认得我吗？

何大藕　你是我村大班管账先生，谁不认识？

贾　　六　你知道我现在干什么吗？

何大藕　知道。

贾　　六　知道就好办。曹莲花最近到你家来过吗？

何大藕　没有。

贾　六　县城贾大队长叫我给她带个信儿，皇军"扫荡"边区，白洋淀的游击队也得清理清理，三木大队长叫悬赏捉拿她，门扇大的告示，已经张贴在通街大道，这一大把钞票，人人有份。看在乡亲面上，特先通知。她如果从此放下武器，回到家来，碾苇织席，皇军不咎既往，如果归顺投降，那好处就更大。见面时，你把这话原原本本告诉与她。

何大藕　既然贴了告示，她又不是睁眼瞎子，又何必我去多嘴！

贾　六　到你家坐坐好吗？

何大藕　（用力推开门）请进！

贾　六　（犹豫嘀咕，唱）
　　　　看情形不由我心中害怕，
　　　　一定有八路军住在她家。
　　　　不关门不落锁不把门帘挂，
　　　　明明是设埋伏好把我来抓。
　　　　再不要死纠缠赶紧走吧，
　　　　时间长恐怕要闹出大笑话。
　　　　（去而复转，试探进门，左右张望）有八路吗？

何大藕　没有。

贾　六　有肥鸡肥鸭吗？

何大藕　没有。

贾　六　有鸡蛋鸭蛋吗？

何大藕　没养鸡鸭哪来鸡鸭蛋？

贾　六　有蛋都叫八路军吃了，我们吃个就不行？（试探进屋）屋里有人吗？（见有一个穿花衣的妇女背脸在地下编席）她是谁？

何大藕　是邻居新过门的媳妇，来做伴编席的。

贾　　六　（试探进门）都是三乡五里，我看认识不认识？

曹莲花　（跃起转身）你可认识我？

贾　　六　曹区长！（后退）

曹莲花　（念）见狗腿，不由我，心头火起，心头火起。我正要找你，我正要找你。

贾　　六　（念）见区长，吓得我，一摊稀泥，一摊稀泥。两条腿，打哆嗦，不能站起，不能站起。

曹莲花　（念）你傍虎吃食，欺压乡里。

　　　　　你昧天良，当汉奸死心塌地。

贾　　六　（念）好区长，实在冤屈，实在冤屈。

　　　　　当汉奸是不得已，不得已。

　　　　　自幼儿，好吃懒做，不能种地。

　　　　　进据点，吃碗饭，是暂时的，是暂时的。

　　　　　有机会，就反正，还要抗日哩，还要抗日哩。

曹莲花　（唱）看你还有悔过意，

　　　　　放你回去传消息。

　　　　　曹莲花抗日要到底，

　　　　　我们革命不是投机。

　　　　　献身为了民族利益，

　　　　　困难面前不会把头低。

　　　　　光明的前途你自己争取，

　　　　　再要做坏事人民不饶你。

贾　　六　（唱）好区长宽大我不能忘记，

　　　　　日本人实力很空虚。

　　　　　它要抢粮运出去，

　　　　　又怕区长打伏击。

　　　　　贾威当汉奸死心塌地，

要防他冒坏水净出坏主意。

他叫我来侦察，

他随后接济。

曹区长，你快做准备，

最好是转移。

曹莲花　你先回去，这里情况不可暴露一字。

贾　六　不敢。（逃下）

第 四 场

何大藕　（起床，点灯，唤起身边的小莲）小莲！

小　莲　（睡梦中）唔！（起身又倒下）

何大藕　小莲，快醒醒！

小　莲　（翻身）困！

何大藕　快起来，你忘记区长临走时说的话了？（唱）

今夜里要把粮食都坚壁，

组织群众向外转移，

动作要快还要有秩序，

要配合村民兵小队向敌寇胜利突击。

小　莲　（跳起）娘，我在睡梦里，还和日本人打了一仗！

何大藕　好孩子，快快帮娘收拾。

（母女坚壁食粮衣服物品[音乐配合]，整理打游击的东西。）

小　莲　带上我的红缨枪，我的识字课本也要带上。

何大藕　看看还有什么破绽，跟娘到各户检查动员。（逐户问邻居）大婶弄清楚了吗？

（内应声：清楚了。）

何大藕　快走吧！（又转对另一方向）二嫂子，粮食都坚壁好了吗？

（内应声：一颗也不给敌人留下。）

何大藕　快走吧！

（群众转移，有老妈妈抱鸡，小孩牵羊。有人问："哎呀，抱着鸡干什么呀！"老妈妈答："这不是物资吗，能给敌人留下？"有人说："它叫唤怎么办呀？""早把它的肚子弯住了。""你的羊哩？""带上笼嘴了。""千万不要暴露目标呀！"群众鱼贯有秩序地转移，绕场，然后退入幕后。）

何大藕　乡亲们，按小组上船，不要叫嚷，不许点火抽烟，遇到敌情，不要惊慌失措，守纪律，听命令。每组一个人站岗，其余争取时间休息。要照看老人孩子，不要受寒受湿，我到前边高岸放哨！（唱）

月照大淀一片银，
我站在淀边想亲人。
叫声亲夫曹爱国，
叫声远征的八路军，
自从你光荣参军去，
我送你在此登舟奔前程。
不知你现在行军到何处？
也许是正在与敌人苦交锋。
眼望着太行山我高声呼唤，
你不辜负我临别之时一片叮咛。
敌人到后烽火起，
你眼见乡土受辱人民受欺凌。
你眼见村村都有人戴孝，
家家都有吞泪声。
你踏着血迹征途上，

我擦干眼泪与敌斗争。
军民如同鱼和水，
千顷水淀作见证。
群众没有你们不得度日，
你离开群众不能成功。
日伪又要来"扫荡"，
乡亲们夜冒风寒住在小船中。
耳边厢清脆一声秋雁过，
我愿它能带个信息叫你知情。

第 五 场

三　木　贾队长，贾六侦察情况怎样？

贾　威　贾六报告，曹莲花听说皇军捉拿她，已经逃跑了。

三　木　出发"扫荡"莲花淀！

贾　威　我看不要劳动太君。

三　木　休要多言。

贾　威　旱路水路？

三　木　你看哩？

贾　威　贾六报告，旱路大堤，经游击队破坏，多有深沟高垒，并且各村民兵大摆地雷阵，很不安全，因为大堤迂回，走起来也颇费时间。水路直接，现值秋季水大流急，小汽艇可以通行，片刻可到。

三　木　即刻由水路出发，皇军乘坐汽艇，你们坐木船前头开路。（唱）
出发前行敬礼面向扶桑，
我三木在海外效忠天皇。
护身符紧紧地挂在身上，

要为那武士道精神增光。
我衷心祈求那神灵下降，
此一去保平安胜利返航。
（登舟，站立船头）自离三岛，很少看到水乡景色，见此碧水晴天，红霞白鹭，不免引动乡思，黯然神伤。离家已经六载，圣战终无了期，久别妻女，只能相见于睡梦之中。啊！带兵出征，何乃产生如此消极思想？这岂非对天皇不忠，这岂非对大东亚共荣不利？三木啊三木，你岂不是一个大大的混蛋！
（前边木船停）

三　木　贾队长，为何停止不前？

贾　威　报告太君，前面有可疑物件漂来。

三　木　什么可疑物件，分明是临阵观望，前进！

（轰然一声，木船颠簸）

贾　威　报告太君，水雷炸破木船。

三　木　赶紧修补。

贾　威　漏洞太大，修补不上。

三　木　爬上汽艇。

（前面枪声）

三　木　枪声来自何处？

贾　威　来自左前方苇塘。

三　木　向苇塘射击，向苇塘冲锋。

贾　威　水浅不能靠拢。

三　木　下水登陆。

（两个日军下水，随即被钩网挂住，辗转翻滚，呼叫不已。）

三　木　这是什么武器？

贾　威　这不是武器，这是渔人下的钩网。

三　木　（喊叫）包围苇塘，不能叫游击队逃走。

　　　　（敌伪进入苇塘搜索半日）

贾　威　连个人影也没有。

三　木　真是活活见鬼！难道游击队飞上天去，或者，钻入地下？
　　　　你看远处那一大片荷叶，为何逆水而行，向我方移动？

贾　威　那是风吹草动，荷叶哪会行走，太君眼花了。

　　　　（忽然从荷叶下面连发枪声）

三　木　休要和他们纠缠，直扑莲花淀村庄。

　　　　（日伪军登陆）

三　木　放火！抢粮！杀人！

第 六 场

白老淀　（上，唱）六十年生活在白洋淀水淀，
　　　　　　　　　一生中记忆里血泪斑斑。
　　　　　　　　　盼来了共产党亲人见面，
　　　　　　　　　日伪军进村庄又过鬼门关。
　　　　　　　　　房屋烧衣服抢砸碎了锅碗，
　　　　　　　　　转移到船上住风雨无遮拦。
　　　　　　　　　村干部关心我常来照看，
　　　　　　　　　眼前的形势紧不给他们添麻烦。
　　　　　　　　　清晨起提小筐淀边来转，
　　　　　　　　　赶走了日本人返回家园。（掘地梨）

　　　　　　　　（小莲、小菱、小花、小蓉上）

小莲、小菱、小花、小蓉　（合唱）
　　　　　　　　　敌人烧抢我们的粮，
　　　　　　　　　逼使我们饿肚肠。

　　　　　　北风紧淀水凉,
　　　　　　困难面前要刚强。（掘地梨）
小　莲　小菱你冷吗？把我这棉袄穿上吧！（给小菱披在肩上）
小　菱　莲姐，我不冷，你不要冻病呀！
小　莲　小花，我看你饿了，我还有一个菜馍馍你吃吧。来，我们四个人都吃一点。小蓉你哭什么？你的手冻肿了，快擦干了，抄起手来暖和暖和。
　　　　（四人合唱）我们是一条根同生在白洋淀,
　　　　　　　　　人小时亲密得姐妹一般。
　　　　　　　　　同破苇同编席手儿长相挽,
　　　　　　　　　为抗日为救国我们相伴献出童年。
小　菱　莲姐，我们今天掘的地梨，送给谁家？
小　莲　送给老淀爷，他是抗属。
曹莲花　（上，唱）连日来经受了烈火考验,
　　　　　　　　战斗前再来到群众中间。
　　　　　　　　众乡亲在此受苦难,
　　　　　　　　风餐露宿在小船。
　　　　　　　　晚风吹来船动荡,
　　　　　　　　夜雨袭来淀水翻。
　　　　　　　　褓褓小儿忍哭泣,
　　　　　　　　白发老人眼望青天。
　　　　　　　　人人怀抱仇和恨,
　　　　　　　　铁石心肠渡难关。
　　　　　　　　我看到整个民族在受大灾难,
　　　　　　　　我胸中就像这火烧的枪膛一般。
　　　　　　　　我深深理解到乡亲们的心愿,
　　　　　　　　他们恨不得我马上带队把敌全歼。

　　　　　我肩上担负的是民族重担,
　　　　　任重道远大局要顾全。
　　　　　辞别了众乡亲我热泪扑面,
　　　　　在战斗前我要作一次紧急动员。
白老淀　莲花,什么时候把敌人赶走?
曹莲花　大伯,敌人这次倾巢而出,是配合它的主力向我山区"扫荡",我们的主力正在太行山英勇奋战,区小队任务是随时打击敌人,配合我山区反"扫荡"。
白老淀　赶走敌人越快越好,用着我们的时候说话!
小莲　小菱　小花　小蓉　区长。
曹莲花　孩子们,你们在干什么?
小　莲　我们在掘地梨,送给抗属家。
曹莲花　我已经叫区干部、区小队再节省一些粮食,给你们送来,外县外区对我们都有支援。
小　莲　粮食留着叫小队吃饱,好把敌人赶跑。
曹莲花　你们不练武吗?
小　莲　这些日子没人教我们。
曹莲花　眼前就有老英雄,把你们的红缨枪和大刀拿来,叫老淀大伯教你们。
　　　　（莲花教四小孩舞枪,小孩伴舞。）
　　　　（老淀舞大刀。老淀、莲花刀枪对阵,小孩助舞。）
众　　（合唱）敌人入侵太猖狂,
　　　　　　侵略战争不能久长。
　　　　　　人民战争风起云涌,
　　　　　　定叫这批发疯的野牛淹死在无边无际的大海汪洋。

第 七 场

贾　六　（上，唱）原来是个小队副，
　　　　　　　　现在来当大乡长，
　　　　　　　　武职改为文职用，
　　　　　　　　不算升来不算降。
　　　　前几天跟随皇军"扫荡"莲花淀，放火烧了村庄，街中心安上一个炮楼，少东家又出主意，在他这宅院里成立大乡公所，委了我个大乡长，叫我马上开始办公。这公可实在难办，老百姓全逃进苇塘，游击队就在脚下，我就像坐在了火山口上。唉！真不知道要弄到如何的下场！
　　　　（唱）想起来这公实在难办，
　　　　　　　每日里战兢兢胆吊心煎。
　　　　　　　八路来要低声征求意见，
　　　　　　　日本来要留神敬茶敬烟。
　　　　　　　哪一面失照应都有危险，
　　　　　　　两方面碰上头那就更玄。
　　　　　　　要做官就凭这两面手段，
　　　　　　　看气候观风向脚踏两只船。

贾　威　（上）大乡筹办得怎样了？

贾　六　找到一个大师傅，听说饭菜做得很好，少东家在炮楼上吃不好，有时候到这里垫补点。另外找到一个通讯员，都说好，今天到差。

贾　威　老百姓到底在什么地方躲藏？

贾　六　捎了几次信去，都像石沉大海。

贾　威　这是捎信能办的事吗？要拟个告示，限三天回村照相领良民证。过期不回，吊销户口，以私通游击队论处。

贾　六　百年不遇老乡亲，少东家，我们给日本人做事，总要留个后路吧！

贾　威　什么老乡亲，你记得农民斗争我家吗，现在是阶级斗争！

贾　六　事情变化，很难预料。

贾　威　我贾威大学毕业，曾担任高级职员，对于时事也有个分析判断：就算我糊涂，那溥仪皇帝，汪精卫主席，还有很多名人，现在不都是投靠日本曲线救国。你看看我这庭院，破砖乱瓦，景物全非，我死不回头，和曹莲花拼到底！

（唱）把布告张贴在大街之上，

难民们限三天滚回村庄。

是党员快自首不要观望，

是干部要登记不许躲藏。

老百姓快觉醒不要再上共产党的当。

谁要是不服从谁就遭殃。

找张大纸来，我亲自书写。

（在大方桌上铺纸，正要写，白老淀化装大师傅，曹莲花化装通讯员上。）

（曹莲花目示贾六不许声张。白老淀下贾威枪，以大菜刀拟其脖颈。）

曹莲花　我命你亲笔书写你的罪状：贾威叛国投敌，罪大恶极，当场处死！

——剧　终

一九七二年

载《莲池》1979 年第 2 期

编 后 记

在中国当代作家中，孙犁无疑是读书最多、最广的人之一。他的创作题材，也遍及多个领域，小说、散文、理论评论、诗歌、戏剧等等，这也是十分罕见的。孙犁不以诗人名世，但他的诗作个性独特，往往有感而发，直抒胸臆，不以韵害义，不拘形式，新诗多带有早期白话诗的特点。无论是抒情还是叙事，都能情景交融，见微知著，思想内涵深邃，其中蕴含人性、人生哲理的思考，更耐人寻味。作者笔下的抒情诗，虽只有短短几句，却能动人心魄。而叙事诗，则是诗化了的小说，人物形象鲜明，细节真实，故事性极强。兹应申明者，多首旧体诗"全集"未录，均系由孙犁书信中检出；有的所标写作年月也不对，如《无题》（曾在青岛因病居）非作于1986年，而最早出现于1962年2月9日致冉淮舟的信中；等等。他的剧本《莲花淀》，则更是十年浩劫中除帮派文艺以外硕果仅存的一部杰作，弥足珍贵。

未尽意处多多，请读者、方家赐教。

编选者

2016年2月